LA

COURONNE IMPÉRIALE,

Satire.

A LOUIS-NAPOLÉON-WERHUEL,

DIT

BONAPARTE.

AVEC NOTES HISTORIQUES.

PAR

J. CAHAIGNE.

Facit indignatio versus.
JUVÉNAL.

JERSEY.
IMPRIMERIE UNIVERSELLE, 19, DORSET STREET.
1853.

A NOS LECTEURS.

La précipitation des typographes, en composant, a donné lieu, sur un petit nombre d'exemplaires, à quelques erreurs faciles à rectifier, d'ailleurs. Ainsi, du folio 60, la pagination saute à 73. Toutefois, la 73e page donne bien exactement la fin de la note commencée page 60. C'est donc un peu de bonne volonté à fournir par le lecteur ; je le prie de le faire et j'espère qu'il en sera ainsi.

LA

COURONNE IMPÉRIALE.

OUVRAGES DU MEME AUTEUR,

Pour paraître prochainement :

La Missioneide, ou les Jésuites à Rouen, poème tragi-comique, en trois chants, deuxième édition.......... 1 v.

Chansons du temps, deuxième édition............... 1 v.

La Thiersiade, ou la Guerre des portefeuilles, poème héroï-comique en 6 chants...................................... 1 v.

Une Voix de Proscrit, deuxième édition........... 1 v.

Le Millionnaire, nouvelle............................ ... 1 v.

Le Philanthrope, comédie de caractère, cinq actes en vers.. 1 v.

Feuilles au vent, poésies diverses...................... 1 v.

Le Coup de pied, satire contre les Jésuites du Sunderbund, dédiée à J. Michelet, professeur d'histoire au Collége de France...(broch.)

LA

COURONNE IMPÉRIALE,

Satire.

A LOUIS-NAPOLÉON-WERHUEL,

DIT

BONAPARTE.

AVEC NOTES HISTORIQUES.

PAR

J. CAHAIGNE.

Facit indignatio versus.
JUVÉNAL.

JERSEY,
IMPRIMERIE UNIVERSELLE, 19, DORSET STREET.

—

1853.

AVANT-PROPOS.

Ce livre est-il dicté seulement par la haine ? est-il le produit d'un ressentiment personnel, mesquin, étriqué, incomplet dès lors, et toujours contestable ? — Non, c'est le cri d'une âme douloureusement atteinte, indignée à la vue de cette honte incarnée, de ce fumier ambulant, de cette monstruosité à pieds et mains qui souille, qui dégrade la France, et dont la désignation a cours en Europe sous l'étiquette **LOUIS-NAPOLEON BONAPARTE** ! Non, ce n'est pas de la haine dans le sens propre du mot, mais bien l'explosion de l'honnêteté outragée, révoltée, demandant justice au ciel et aux hommes.

La haine suppose toujours, chez celui qui en est l'objet, certaines qualités, plus ou moins relevées, faisant contre-poids aux vices, aux appétits criminels de l'organisation humaine. Quelque chose de semblable se montre-t-il ici ? La main sur le cœur nul n'oserait sincèrement le soutenir. Corruption sur corruption, indignité sur indignité, bassesse sur bassesse, voilà dans quelle atmosphère nage le misérable dont le peuple aveuglé put un moment étayer le pavois. Ambition sordide, astuce, hypocrisie, cruauté froide, lâcheté, parjure, impudence, débauche effrénée, orgie publique, entêtement, vanité charlatanesque, héroïsme de foire, absence de toute pudeur, de toute conscience, de toute foi, du sens moral enfin ; du milieu dans lequel l'homme peut se traîner jusqu'au dernier degré de l'abjection, toutes les vilenies, les impuretés, tous les appétits, les entraînements, les immondices et les crimes ! Telle est, en choses positives et négatives, l'évaluation précise de l'individu dont le malheur des temps nous oblige à parler.

La haine, ce sentiment vigoureux, mais non toujours sans grandeur, peut-elle surgir d'un pareil cloaque ? non, encore une fois. Ce qu'on y trouve est bien pis, en vérité, oh ! oui, bien pis ; une sensation profondément pénible, de mépris, de dégoût et d'horreur, quelque chose de nauséabond, d'accablant, de délétère, de mortel enfin, si cet amas d'ignominies devait subsister encore.

Ah ! combien les Anglais l'ont mieux jugé que ne l'a fait le peuple de France ! Dans la Cité, comme à Oxford, à Piccadilly, à Pall-Mall, une seule voix s'élève : " Comment la France a-t-elle pu *commettre* " un pareil choix ? " — Pour lui trouver des partisans à Londres, ici on l'a vu à l'œuvre, il faudrait aller le soir dans les "public-houses" où se rassemblent les vilains qui, là, viennent attendre et recevoir, des créatures de Hay-Market, l'obole infâme, ceci est naturel et dans le vrai des choses : Ce Napoléon n'a-t-il pas mené ici la même vie ? n'est-ce point parmi les mêmes ordures qu'il a recruté à Paris sa société du Dix

Décembre ? les membres de cette ignominieuse agrégation n'étaient-ils point, pour la plupart, des fainéants, des ivrognes, des repris de justice et des proxénètes ? Qui se ressemble se soutient, c'est dans l'ordre ; mais allez parler dans la Cité, dans une maison respectable de Londres, du commensal d'Howard, la marchande de poisson, et vous verrez comme on vous recevra.

Quelle cause prochaine assigner à cette défaillance du jugement populaire en France, si ce n'est l'ignorance totale où l'on était des faits et gestes du personnage ? il n'en est pas d'autre ; toutefois, il convient d'y ajouter l'hallucination produite par un nom, celui du plus grand contempteur des hommes, du plus grand oppresseur de la liberté.

Mais la lumière se fait aujourd'hui ; bientôt elle sera complète. L'astre de la France, un moment éclipsé, va reprendre son éclat. Alors de ce côté de la Manche, comme de l'autre, il n'y aura plus qu'une seule voix pour refouler au fond des steppes les plus sauvages le boucanier et son escorte de coupe-jarrets.

Il en est temps ; peuple de France, réveille-toi !

Londres, le 15 juillet 1852.*

* Cette publication, comme on le voit, est en retard. Un éditeur Anglais m'ayant donné parole, invoqua, pour ne la point tenir, des motifs qui me paraissent tout à fait inacceptables. Mais il avait gardé longtemps le manuscrit ; et, son refus d'imprimer arrivant, il me fallut envoyer au loin. De là beaucoup de temps perdu.

LA

COURONNE IMPÉRIALE,

SATIRE.

A LOUIS-NAPOLEON WERHUEL,

DIT

BONAPARTE.

...... Facit indignatio versus.

I.

A l'homme, un jour, Dieu dit : " Que jamais ne s'efface (1)
" Le céleste reflet que j'empreins sur ta face ;
" Dans l'âme garde aussi mon rayon précieux :
" Sois juste, grand, vis libre et regarde les cieux."
Quand le poète fit cette haute peinture ,
Il avait sous les yeux quelque fière nature ,
Une âme de héros, un être radieux ,
Le cœur et le regard exaltés vers les cieux.

Du sein de l'Eternel un sillon de lumière
Frappait au front de l'homme, inondait sa paupière,
Et, pour lui, déroulait un immense horison :
La liberté, le droit, le devoir, la raison,
Le sentiment surtout, ce doux parfum de l'âme,
Pur, angélique éther, d'où jaillit cette flamme
Qui, selon nos béats, forme les séraphins
Par la théologie amenés aux confins
De l'humaine impuissance et du céleste empire,
De l'idéal du Dieu vers lequel tout aspire.
Oui, ce dut être ainsi que, dans sa majesté,
L'Eternel nous dota de grandeur, de beauté.

Ah ! tu ne posais pas lorsque peignait Ovide,
Toi, bâtard idiot, chacal mâchant à vide.
Au seuil de l'Empyrée, ému d'un saint respect,
Le poète adorait, pieux. — A ton aspect
Son âme eût reculé de dégoût ; sa pensée
Sous l'idéal du laid, éperdue, offensée,
Eût jeté sur la terre un monstre repoussant,
La face dans la boue et les mains dans le sang.
Les vices dégradants, la crapuleuse orgie,
Auraient sous le pinceau, traîné ton effigie,
Objet, pour tous les yeux, de dégout et d'horreur.
Et cependant, bâtard, tu veux être empereur !

Empereur ! ah ! vilain, que le diable dut rire
Lorsque tu l'évoquas ! en te voyant décrire
Au milieu de la nuit, un bout de saule en main, (2)
Le circulus magique au centre du chemin ;
Puis, docile aux leçons de l'infernal grimoire,
En holocauste au diable offrir la poule noire ;
Sûrement, en regard du héros et du but,
Un rire inextinguible étouffait Belzébuth.

Le beau masque, en effet, sous pareil diadême !
Face verte et blafarde, un air de Nicodême,
Sous l'orgie expirant ; la débauche sans frein
Te marquant du stigmate infernal ; un chanfrein
Comme celui de l'âne enfant des Pyrénées, (3)
Entêté comme lui, féroce. — Ames damnées
Ne donnent pas toujours si riche échantillon :
Parjure et lâcheté, jésuite et goupillon ;
Fanfaronne impudence, astuce, hypocrisie
Au bagne dérobant une horde choisie
De malandrins brodés prêts à tout coup de main,
Sous leur habit doré voleurs de grand chemin,
Allant piller la banque, ensanglanter la ville
Pour de l'or et du vin ; race immonde, servile ;
Satires, grecs au jeu, proxénètes, gitons, (4)
Vivant de tous les plats, disant sur tous les tons,

Ivrognes, boucaniers, sans souci ni vergogne,
Faits à l'image enfin du héros de Boulogne.
Entre-nous, Empereur, le diable avait-il tort
De conspuer ton âme et de rire si fort ?
Comme tu vas des rois ennoblir la pleïade !
Comme tu vas grandir ! D'un autre Alcibiade
Le laurier boue et sang t'empêchait de dormir.
De rage et de douleur tu dus longtemps frémir,
En voyant Ferdinand, ce digne ami d'un pape
Pontife en Loyola, conscience à soupape,
Par la grâce d'en haut faisant tuer, brûler
Ses chers enfants que Dieu lui donne à consoler.
Pour toi, vautour pelé, pour toi, fou de l'Empire,
Ce Ferdinand-Bourbon, catholique vampire,
En ton rêve infernal dut souvent figurer.
" Ne me laissera-t-il plus rien à dévorer ? (5)
" Quoi ! Palerme déjà, Messine, Parthénope,
" Et je n'ai pu brûler un bourg ! Son horoscope
" Serait-il d'un sorcier plus puissant que le mien ?
" Qu'a servi de donner mon âme au diable ? à rien."
" A rien ? ingrat, à rien ! et la crasse ignorance
" Par le diable incrustée au paysan de France ?
" Et cette cécité des repus, des badauds
" Toujours bayant à l'air, toujours courbant le dos

“ Sous le doigt et sous l'œil du premier saltimbanque ?
“ Et les gens du report, les croupiers de la banque
“ Ne sont-ils pas pour toi des amis, des soutiens ?
“ Et tous ces écorcheurs qui se disent chrétiens (6)
“ N'ont-ils pas, comme toi, du diable les reliques ?
“ Il te donne l'appui des prêtres catholiques
“ Et tu ne sens pas là le doigt de Belzébuth ?
“ Tu ne sais deviner le chemin ni le but ?
“ Ta pensée idiote est là comme étrangère
“ Aux moyens infernaux ? Un oison qui digère
“ Comme on dit que tu fais en plein conseil d'Etat,
“ Serait, à titre égal, un empereur.— L'éclat
“ Ne dénote jamais bien haute intelligence ;
“ C'est bon pour éblouir, pour fasciner l'engeance
“ Des Montijo—Téba, d'un peuple de valets. (7)
“ Crois-tu que Ferdinand, du fond de son palais,
“ Ne faisait pas jouer tous les ressorts du diable ?
“ Insensé comme toi, bigot, impitoyable,
“ Hypocrite, ordurier, par son Dalgaretto (8)
“ Il répandait au loin le cri *d'el rey netto ;*
“ Il bombardait Palerme, incendiait Messine ;
“ De ses Lazzaroni la cohue assassine
“ Livrait Naples, la belle, à toutes les horreurs,
“ A l'incendie, au sac..... passe-temps d'Empereurs,

“ Prenant pour Dieu le Diable et Néron pour modèle.
“ N'as-tu donc pas aussi la cohorte fidèle
“ Que tu gorgeais de vin au champ de Satory ?
“ N'entends-tu pas encor cet effroyable cri
“ Dont Metternick emplit l'Europe frémissante
“ Quand dans la Gallicie éperdue, expirante,
“ Zéla brûlait, hachait les mères ; sur les murs
“ Ecrâsait leurs enfants ?... — les temps ne sont pas mûrs,
“ Dis-tu , pour essayer ce remède héroïque...
“ Va, tu n'es qu'un couard idiot ; la colique
“ T'arrête juste à point sur le bord du fossé ;
“ Et puis, quand tu renais, le moment est passé.
“ Au nez de Loyola tu fais fumer un cierge
“ Et tu reviens brandir ton sabre encore vierge :
“ Au combat appelé, tu te lèves trop tard,
“ Et tu prétends régner ? infortuné bâtard !
“ Va, tu ne seras rien..... qu'un héros de cuisine. ”
Ainsi te gourmandait Mathilde, ta cousine,
Sous l'ergot de Satan hérissant ton plumet.
Bien souvent, ici-bas, une crise remet
Le moribond. — La vie aussitôt répandue
A l'esprit, comme au corps, rend la force perdue.
Ainsi tu renaquis sous le feu du sermon
A Mathilde inspiré, soufflé par le démon.

Tourmenté, secoué, tu relevas la face ;
D'une histoire de sang tu trouvais la préface ;
Le bâton du constable et l'écu d'Eglington
Allaient se transformer en fusils à piston
Non par toi manœuvrés, tu crains trop la riposte ; (9)
Mais par ces maraudeurs, ces machines du poste
Qui vont de la bataille affronter les hasards
Pour un bandit rêvant de l'ère des Césars.
Rome était devant toi, Rome où la République
Déployait son drapeau. — Le diable alors s'applique
A mettre en ton esprit le dessein odieux
D'envoyer Oudinot brûler Rome et ses dieux
Pour la livrer au pape, expirante, asservie.
Un autre cas encore excitait ton envie :
A l'atroce Bomba le général romain,
Garibaldi naguère a barré le chemin ;
Quand de Rome il croyait déjà briser les portes,
Le digne ami du pape a vu fuir ses cohortes ;
Garibald' a jonché de corps napolitains
La campagne de Rome et les Marais-Pontins. —
L'échec du roi Bomba te remplit d'espérance :
Plus heureux, avec l'or et le sang de la France,
Tu pourras bombarder la ville des Romains,
Te baigner dans leur sang et t'y laver les mains.

Du boudoir de l'Anglaise, énivré de champagne,
Incontinent tu mets ton armée en campagne
Et, brûlant de luxure, aux pieds de ta Phryné
Ton pieux héroïsme attend le jour donné
Où les soldats du pape, au nom de l'Elysée,
Sous le pied des chevaux tiendront Rome écrasée.
Alors apparaîtront tous les Antonellins (10)
Eduqués et grandis au fond des Apennins ;
Avec leurs doux neveux les cardinaux de Rome
Ramèneront les jours de Gomorrhe et Sodome,
Les nuits de l'Elysée et *l'ingénuité* (11)
Qui couronne de fleurs la promiscuité ;
Qui met prix d'or à tout, au voile de la vierge
Comme à l'anneau d'épouse. — A la lueur d'un cierge,
Escobar et Sanchez, Moro, Tamburini,
Suarez, pousseront jusques à l'infini
Pour bien poser le vol, le meurtre, le pillage,
L'astuce, le blasphême et l'immonde assemblage
Du parjure, du dol, de l'inceste.....— Avant-goût
Des crimes qui partout font horreur et dégoût.
Mais que tous les Véron dont Lutèce fourmille
Nomment, en se signant, *l'amour de la famille !* (12)
Dans ce sabbat encor tu seras couronné,
Toi, constable-empereur, poltron qui t'es donné,

Pour tuer l'homme, au pape, aux jésuites, au diable.

O honte de nos temps! O drame pitoyable!
Ce peuple, à ton forfait d'un mal de cœur surpris,
Te laisse vivre encore au vent de son mépris!
Quel soufflet sur la joue à cette race humaine!
Antonelli couvert de la pourpre romaine;
Le bâtard de Werhuel, le jongleur d'Eglington,
Le constable de Londres, orné de son bâton;
L'un disant, saint-esprit; l'autre orgie et matière:
L'autre, bandit sans cœur; l'un confit en Saint-Pierre:
L'autre et l'un dans la boue étouffant la vertu.....
Ah! dégoûtants jongleurs, ce thême est rebattu;
Avant vous, Borgia, César et Nicomède (13)
Au monde avait donné leur hideux intermède.
Et vous venez encore, ignobles polissons,
Ornés de la barrette, armés de saucissons, (14)
En imposer au peuple et vendre vos reliques!
Sachez-le donc enfin, Dictateurs, Catholiques,
Les noms les plus cruels pour le cœur, pour la loi,
Sont : empereur, bandit, espion, pape et roi.

Enfin tu l'as meurtrie un jour la République
Qui, généreuse à tort, accueillit la supplique (15)
Dont ton hypocrisie avait voilé le sens:
" Qu'il rentre le proscrit, dit-elle, j'y consens."

Et toi bientôt, bâtard, parjure et parricide,
Contre elle tu levas ton pennon homicide.

Il te fallait un maître ; et l'inquisition
Par l'enfer inventée, à ton ambition
Ouvrait l'ère où, chez nous, de bassesse en parjure
On arrive à donner la vertu comme injure,
Pour crime le bon sens, et le culte du beau
Comme rêve d'un fou pâture du corbeau.
A Rome Antonelli, Bomba dans Parthénope
Te semblaient trop mesquins ; aux regards de l'Europe
Tu vas montrer bientôt qu'un mauvais histrion,
Qu'un lâche, aux tourmenteurs de l'inquisition,
Peut enseigner encor des genres de supplices ;
Tu veux, mitrés ou non, dépasser tes complices,
Plus qu'eux être bourreau. — Quelques républicains
Fusillés, écorchés par les dominicains ; (16)
L'espionnage au foyer lacérant la famille, (17)
Glaçant la vie au cœur ; de la mère à la fille
Allant, comme un serpent, colporter le soupçon
Et de la calomnie infiltrer le poison ;
Menus exploits de roi, de prêtre qui dévaste.
Il faut à ton orgueil une scène plus vaste :
Tout barbouillé de sang, de larmes inondé,
Tu vas montrer un sol par tes mains fécondé.

Par l'habit du gendarme et par la soutanelle,
A la férocité de Bomba, d'Antonelle,
Tu sauras ajouter, pourvoyeur de la mort,
Nouka-Hiva, Cayenne et la torture à bord. (18)
Si plus qu'eux tu n'es pas écorcheur et vampire,
Tu veux par la terreur inaugurer l'empire,
Horrible piédestal à l'enfer emprunté,
De carnage, en tous temps, de larmes cimenté.

O rage de l'éclat dans une âme sordide !
Saltimbanque perdu sous un manteau splendide,
Rêve, énervé d'orgie, aux grandeurs, aux trésors;
Et puis, ivre de vin, penche la tête et dors.

II.

Il dort. Mais du démon l'ardente messagère (19)
Tire profit encor de la nuit passagère
D'où l'orgie est absente. — Au dépravé tyran
Elle trace à grands traits les devoirs de son rang.
Et d'abord, de Mesmer, empruntant l'auréole,
Elle va transporter le Batavo-Créole (20)
Vers ce monde inconnu d'où les faibles esprits
Reviennent haletants, hallucinés, flétris,
Mais noyés dans l'extase, ivres de faux courage,
Et, pour le cri du cœur, prenant l'accès de rage.
Au César somnambule elle apparaît soudain
Et, comme à ses vingt ans masquée, avec dédain : (21)

“ Dors, triste hère, à la débauche
“ Il faut bien un peu de repos.
“ Mais le diable qui nous embauche

“ Est toujours là vif et dispos.
“ Par sa puissance de magie
“ Il peut grandir même l'orgie :
“ Marche à son pas, les yeux fermés.
“ A travers la brume qui passe
“ Je déroule, pour toi, l'espace
“ Où l'on maintient les opprimés.

“ Tu veux régner, infime atôme,
“ Et te vautrer dans les plaisirs ;
“ Mais la loi, burlesque fantôme,
“ Est là, comprimant tes désirs.
“ Tout près d'agir ton cœur hésite ;
“ Tu végètes, vil parasite,
“ Entre l'impudence et l'effroi ;
“ Tu trembles devant un parjure....
“ Mais c'est aux rois mortelle injure ;
“ Qui dit parjure aussi dit roi.

“ Ne sais-tu donc comme on se joue,
“ Quand on a de l'ambition,
“ Des lois, du droit, de cette boue
“ Qu'on nomme ici la nation ?
“ Pendant que le peuple mendie ,

“ On vole, on tue, on incendie ;
“ C'est là passe-temps d'empereur. (22)
“ Qu'est-ce donc, après tout, que l'homme ?
“ Un bipède, animal de somme
“ Qu'il faut brider par la terreur.

“ Le consul pour la race humaine
“ N'affichait-il pas son mépris ?
“ Glane encore dans son domaine ;
“ Mets en or les vertus à prix.
“ Pour la femme est-il plus austère ?
“ Vois ce qu'il a fait de ta mère,
“ Sa belle-fille !.... un instrument
“ De l'inceste et de l'adultère !
“ Le crime est le roi de la terre
“ Et la vertu n'est qu'un tourment.

“ Qui sait bien régner n'a point d'âme,
“ Nulle tendresse, point d'amis ;
“ Comme un jouet il prend la femme :
“ Or et puissance ont tout permis.
“ Laisse le soin de la morale
“ A l'orateur de cathédrale ;
“ Il dupe ses brebis fort bien.

“ A la voix de ce sycophante
“ On suit la marche triomphante :
“ Près du roi qu'est le troupeau ? rien.

“ Encore de l'incertitude !
“ Tu veux et tu crains d'avancer.
“ Oh ! la méprisable habitude !
“ Fuir à l'instant de commencer !
“ Marche donc ! marche ! qui t'arrête ?
“ Tu manques d'argent ? pauvre tête !
“ La banque n'est-elle pas là ?
“ Toujours le juif est assez lâche ;
“ En lui pressant la gorge il lâche
“ L'or qu'à tant d'autres il vola.

“ Lève-toi ! le temps est rapide.
“ Du sort respecte les décrets.
“ Pour un seul jour fais l'intrépide,
“ Tu reprendras l'orgie après.
“ Magnan, Saint-Arnaud, les mains vides,
“ Te couvent de regards avides ;
“ Ils sont à vendre ! achète-les.
“ Morny, Maupas suivront de même (23).
“ Marche ! on ne trouve un diadême

“ Que dans la fange des palais.

“ Aux armes ! bâtard, la mollesse
“ Te dérobe un temps précieux ;
“ Secoue enfin cette faiblesse,
“ Et puis *tu rendras grâce aux Dieux.*
“ Des opposants fais table rase ;
“ Frappe, tue, incendie, écrase ;
“ Avec du sang écris ton nom.
“ On est fort quand on extermine ;
“ Sur toutes, la voix qui domine,
“ C'est la grande voix du canon.

Mathilde alors secoue à grands flots sur la tête
Du dormeur ces poisons qui forment la tempête
En un cerveau malade ; au futur empereur
Elle jette en partant un long cri de fureur ;
Puis elle disparaît, sûre, après cet orage,
D'avoir mis au plus haut l'ambitieuse rage.

III.

Longtemps tu le traînas ce rêve de forban,
Ce rêve qui, bientôt, devait te mettre au ban
De tout ce qui, chez-nous, porte un cœur et de l'âme.
Mais à l'enfer livré, peu soucieux du blâme,
Aventurier-bandit, tu suivis ton dessein.
Pour jouer ce grand jeu de despote assassin
Il ne faut pas être seul ; tu cherchas des complices
Boucaniers comme toi. Le dernier des supplices (24)
Devait être leur prix à tous, aussi le tien.
Il n'en fut rien pourtant ; l'ordinaire soutien
De toute humaine loi, du droit, de la justice,
Le peuple, avec ton crime alors fit armistice.
Hélas ! pour supporter son immonde vainqueur
Il fallut que ce peuple eût bien grand mal au cœur.
Je le dis en pleurant, mais je remplis ma tâche :

Le peuple ce jour là, fut égoïste et lâche ! (25)
Il t'en punira bien, je le sais ; et pourtant
Mieux eût valu, bâtard, t'écraser à l'instant.
Mieux eût valu broyer tes soldats trabucaires (26)
Tes généraux voleurs, tes préfets, tes sicaires,
Que de souffrir un jour, un seul jour, dans Paris
L'outrage de ce nom qui nous livre au mépris. (27)
Alors on n'eût pas vu, comme autrefois Pérouse, (28)
Ruisselante de sang, l'aire de Sallandrouze ;
Des vierges, des enfants, des mères, des vieillards,
Par Canrobert, Reybell, hachés aux boulevards.
Alors on n'eût pas vu, dans cent mille familles,
Les yeux noyés de pleurs, des mères et des filles,
Des épouses en deuil mêlant au bruit des flots
Qui portent les martyrs, la voix de leurs sanglots.
Alors on n'eût pas vu l'incroyable torture
De tant d'hommes de cœur envoyés en pâture
A la mort sur le pont des steamers, des vaisseaux :
De hideux proconsuls, promenant leurs faisceaux,
N'eussent pas dépeuplé, géants de félonie,
Par la délation et par la calomnie (29)
Ce beau pays de France où, naguère, l'honneur
Portait si haut la tête en marchant au bonheur.
Non vraiment, si le peuple alors eût pris les armes,

Il ne trouverait plus, les yeux brûlés de larmes,
Tant de femmes en deuil tendant leurs douces mains
Le soir, en gémissant, vers les bords Africains.
De nos républicains exilés, la colonne
N'irait pas s'allongeant des murs de Barcelonne
Aux champs de l'Amérique, à Londres, aux Pays-Bas ;
Si le peuple eût tenu sa place en ces combats, (30)
Lui-même il eût ouvert ces prisons meurtrières
De Belle-Isle et Doullens où s'éteignent nos frères.
Si le peuple se fût montré, le guet-à-pens
Retournait tout entier contre les sacripans
Qui, là, firent assaut de bassesse et de rage ;
Le peuple à son pays aurait sauvé l'outrage
De tant d'ignominie, et des hideux excès
Qui souillent, au dehors, jusques au nom français. (31)

Après tant de malheurs, de fortunes détruites,
Fortunes par le temps et la peine construites
Et que tes égorgeurs, plus ou moins galonnés,
De Paris à Bordeaux, au Var échelonnés,
Semaient par les chemins au gré de ta furie ;
Au lamentable aspect de la France meurtrie,
Irai-je supputer l'énorme somme en or
Volée à main armée aux caisses du trésor ?
Au pays qui longtemps te servit de patrie

Ton titre est consacré : *Chevalier d'industrie !*
Viendrai-je énumérer tes scandaleux exploits
Par l'Anglais entravés et punis par ses lois ?
Non, Werhuel, non, ta vie est trop bien parfumée
A Londres d'où j'écris ; ici ta renommée,
Bon gré, mal gré, bâtard, est celle d'un escroc
Toujours au bien d'autrui cherchant à faire accroc.
Voilà pourtant, Werhuel, ta sale marchandise :
D'abord, un écusson barré de bâtardise ;
Puis des tours de ruffian, des sauts, des nudités
Plus laides que Véron dans ses impuretés.
Tes aigles, parlons-en, oui, puisque sans vergogne
Tu rappelles l'oiseau du sauteur de Boulogne ;
Cet aigle, beau neveu, n'était rien qu'un dindon
Ereinté, déplumé sous le coup du pardon
Comme un drôle faussant l'honneur, la foi promise.
Pour croire parmi nous tant d'impudeur permise,
Il faut avoir tété sa nourrice en un lieu
Où l'espèce est peu faite à l'image de Dieu.
Vingt-huit valets, un sloop bien bourré de champagne,
Toi surtout, et voilà ton armée en campagne.
Venir, fuir, contre gré patauger dans la mer,
Voilà ton épopée.—Un ridicule amer
A la foire eût placé ton exploit de paillasse.

Mais il te faut du sang, chacal, ta main fracasse
Le crâne d'un soldat placé sous le drapeau
Que tu voulais orner d'un dinde.—L'oripeau
Déjà marchait au chant d'un chapon émérite ;
Mais tu voulais, bâtard, avec du sang écrite,
La préface d'un rêve où ton ambition
S'agitait furieuse.—Une lâche action
Est dans tes appétits, dans tes instincts.—Vandale,
Le jour n'est pas bien loin où de tant de scandale
Tu viendras rendre compte, un compte mérité,
Toi dont le souffle infect souille l'humanité.
N'espère plus, bâtard ; vainement on recule
L'heure du châtiment, il vient !.....
Le ridicule,
Au lieu de la détruire exaltait ta fureur ;
Nous avions du dégoût, tu cherchas de l'horreur.
Va ! tu l'as bien acquise, elle te suit, infâme !
Il n'est pas une vierge, une mère, une femme
Qui sur toi ne la voie empreinte ; elle descend
Le long de tes cheveux, en ravines de sang ;
A t'exécrer en France aujourd'hui tout conspire.
Et maintenant, bâtard, viens proclamer l'empire ;
Rassemble autour de toi ces prêtres imposteurs
Qui, féroces à froid, corrompus, délateurs,

Feraient douter de Dieu, si la sainte justice
Aux âmes ne montrait des cieux le frontispice.
De la foi, maudit, toi ! traître, blasphémateur,
De la foi ? toi, du Christ le plus vil détracteur
Par l'exemple !—ah ! dis-nous qu'avec Rome et le pape
Vous émaillez de fleurs perfides la soupape
Qui masque l'antre où vont s'engouffrer les douleurs.
La famille du pauvre, et ses maux, et ses pleurs.
Toi dont la vie infâme étonne et scandalise,
Sois franc un jour, dis-nous ton pacte avec l'église ;
Pour un seul jour sois franc ; dis-nous, bâtard, dis-nous;
Toi qui feins d'embrasser du pape les genoux,
Quel complot de forbans, quel plan diabolique
Vous tramez tous ensemble au bazar catholique.
Sanhédrin d'imposteurs, tartufes déguisés,
Vos tours de chambre noire aujourd'hui sont usés.
Oui, nous républicains, nous défendons qu'on rie
Du rire de Judas près de l'âme qui prie ;
Indulgents pour *la foi*, nous plaignons son erreur
Quand, désintéressée, elle monte du cœur.
Et nous ne voulons pas que des trompeurs à gages
Cupides intrigants, parlant tous les langages,
D'une âme vierge encore abusant la candeur
Au confessionnal outragent sa pudeur. (32)

Voilà ces vrais soutiens ; ils sont payés pour l'être.
Mais nous vous défendons de fausser du grand-maître
La parole sacrée, et le sens précieux
Qui s'éveille dans l'âme en regardant les cieux.
Nous savons tout, jongleurs, sur votre politique ;
Arrière les courtauds de l'infâme boutique
Qui dépense en parjure, en orgie, en forfaits,
Les biens qu'à grand labeur le pauvre peuple a faits !

Va-t-en, Werhuel ; ta vie outrage la nature,
Va-t-en ! prends par la main cette magistrature
Qui, comme toi pourrie et lâche, a pu souffrir
Le parjure à prix d'or que tu venais offrir. (33)
Avec tes flibustiers, aux plus lointains rivages,
Va de ta vie impure effrayer les sauvages ;
Allez leur faire voir ce qu'un pays d'honneur
Peut enfanter, parfois, de monstres et d'horreur.
En France désormais pour vous rien n'est à faire ;
Votre souffle, bandits, infecte l'atmosphère ;
Allez vous-en ! la peste est un fléau pour tous,
Mais moins triste pourtant et moins hideux que vous. (34)

Que Satan maintenant te fouaille, t'éperonne ;
De boue et sang mêlés j'ai pétri ta couronne ;
D'immondices affreux j'ai fait le piédestal,
Pilori pour jamais dans mon pays natal

Dressé pour avertir les siècles qui vont naître
Du malheur de choisir sans l'avoir su connaître,
L'indigne magistrat d'un peuple jadis fier,
Mais aujourd'hui tombé dans la fange d'hier.
Toi, l'infâme ouvrier de tant d'ignominie ;
Toi, par qui la vertu, gémissante, bannie,
Sans temple, sans asile, erre par les chemins ;
Toi, fils de l'adultère et des crimes humains ;
Ah ! puisses-tu bientôt proscrit, errant comme elle,
Tes yeux pleurant du sang, l'effroi sous ta mamelle,
Sans ruisseau pour ta soif, sans orge pour ta faim,
Des charbons sous les pieds dans un désert sans fin,
Désormais impuissant dans tes rêves atroces,
Voir fuir à ton aspect les animaux féroces
Et puis mourir de rage en quelque infâme lieu.
Et maintenant, Werhuel, j'ai dit... le reste à Dieu.

L'ai-je bien entendue ? Oui, c'est la voix suprême :
Au meurtrier-parjure, anathème, anathème !

POST-SCRIPTUM.

Enfin tu l'as franchi ce pont d'où l'on descend
Pour aller se baigner dans le fleuve de sang !
La tête de Charlet a roulé sous la hache
De ton bourreau, Werhuel ; aujourd'hui rien ne cache
La gueule de l'abîme où tu veux nous plonger. —
Honneur au mort, Werhuel ! mais le temps va changer.

Ce n'était pas assez des enfants et des femmes
Broyés aux Boulevards par tes soldats infâmes,
Ce n'était pas assez ! Reybell et Canrobert
Saoûls de vin, pâlissaient sous le laurier d'Hébert
Comme toi, froidement il dictait les sentences :
“ Bourreaux de Buzançais, debout les deux potences !
“ Exécutez ! ” — Toujours du crime imitateur,
Plus bas qu'Hébert encor tu mets le dictateur.
Contre tes cruautés on crie, on se mutine :
“ Vite à l'œuvre ! bourreaux, dressez la guillotine ! ”

On dit qu'à Bédarieux le fatal couperet
Doit tomber onze fois ; tu n'attends que l'arrêt
Commandé par ta bouche au troupeau de sicaires
Dont ta rage effrénée a fait tes grands vicaires.
Va donc ! mais ne fais pas les choses à demi.
Rosas, reçu par toi, Rosas, ton digne ami,
Donnait, en vrai *gaucho*, le cachet à ses fêtes ;
A l'étal des bouchers il exposait les têtes
De ceux pris par Oribe aux Montévidéens,
Pour orner de Rosas les jeux élyséens,
Va donc ! tu n'es encor qu'à demi de tes joies ;
Tu glissais dans le sang, il faut que tu t'y noies.
Il faut qu'à tous les yeux ta sauvage fureur
Etale en traits de sang le summum de l'horreur
Trop heureux mille fois alors si le tonnerre,
En t'écrasant, Werhuel, délivre enfin la terre
Du plus sale vaurien, du plus hideux bandit
Qui la souilla jamais. — Anathème, maudit !

NOTES.

D

NOTES.

(1) A l'homme un jour Dieu dit : " que jamais ne s'efface....

Paraphrase de ces beaux vers d'Ovide :

> Os homini sublime dedit cœlumque tueri
> Jussit, et erectos ad sidera tollere vultus.

(2) .... Un bout de saule en main.

Bonaparte, celui qui mourut à Sainte-Hélène, croyait aux sorciers ; il consultait souvent la célèbre Lenormant. Plat et servile imitateur de tout et de tous, le Bonaparte de nos temps prend aussi de ces airs ; il a sa sorcière, sa nécromancienne ; elle lui prédit de *hautes destinées*. Attendons la fin.

Dépourvu de tact et de jugement, à ce point de ne pas s'abstenir de copier les infirmités, les faiblesses d'un esprit d'ailleurs large et vigoureux, le Werhuel veut aussi avoir son étoile, il en parle, il y croit. Dégoût et pitié !

Un jour, appuyé sur le parapet d'un petit pont, un sot vaniteux exerçait son génie à examiner l'eau sale et fangeuse d'un égoût. Tout-à-coup il s'écrie : " J'ai trouvé mon étoile ! je la vois, la voilà ! "

C'est probablement dans le même ciel que Werhuel, dit Bonaparte, aura pêché la sienne.

(3) .... L'âne enfant des Pyrénées.

Le chanfrein de ces animaux offre beaucoup de ressemblance avec celui de notre héros. Ils sont renommés pour leur entêtement et la férocité de leurs habitudes. Quand ils ont pris avec les dents le bras d'un homme ou d'un enfant, il faut des efforts inouïs pour leur faire lâcher prise ; on est souvent obligé d'user de leviers pour desserrer leur mâchoire.

Les habitants de ces contrées tirent parti de leurs ânesses en leur faisant produire des mulets.

(4) Satires, grecs au jeu ....

Si le respect dû à la pudeur n'arrêtait notre plume, si encore nous pouvions surmonter l'indicible dégoût qui nous suffoque en face de ces gens, nous ferions voir, sous ses plus hideux aspects, la nature humaine noyée dans la débauche. Mais les sujets sont trop forts, leur physiologie exigerait des proportions beaucoup trop bibliques pour nos mœurs. De pareils tableaux ne peuvent surgir que de la palette d'un comte d'Orsay et de ses..... rapins.

(5) Ne me laissera-t-il plus rien à dévorer ?

Allusion au mot du jeune Alexandre ; au bruit des victoires de son père, Philippe de Macédoine, il dit un jour : " Ne me laissera-t-il donc rien à faire ? "

(6) Et tous ces écorcheurs qui se disent chrétiens.

Il s'agit ici des catholiques ; nulle histoire au monde ne présente à beaucoup près une pareille énormité de massacres et de dévastations, commis au nom de Dieu, c'est-à-dire des cannibales qui se prétendent ses représentants, avec pouvoir de lier et délier.

Les cannibales, ai-je dit, c'est leur faire outrage que les assimiler aux fanatiques de Rome. Pauvres sauvages encroutés d'ignorance, peuplades imperceptibles livrées sans contre-poids aucun à l'égoïsme féroce de la secte, s'ils mangent leurs prisonniers, si avant de les rôtir, ils les engraissent pour aiguiser leur appétit, les anthropophages n'ont pas conscience de cet acte révoltant, ils font régal d'ennemis par eux pris les armes à la main, et contre lesquels, avant d'en être les maîtres, ils ont fait preuve de ce courage brutal qui donne la victoire.

Mais la secte catholique, car le catholicisme est une secte au point de vue de l'humanité, quels sont leurs actes? A force d'épouvante, jeter le trouble et la perversion dans les consciences; effrayer les âmes afin de les dominer; à force d'astuce, de mensonge et d'hypocrisie, les pétrir au gré de la cupidité despotique de la cour papale, et les abrutir par l'ignorance, pour en faire sortir l'idiotisme croyant tout les yeux fermés, le fanatisme, et la férocité qui le suit.

Avant de les cuire pour en faire gala, les cannibales engraissent leurs prisonniers; les pasteurs romains brûlent à petit feu leurs brebis, les découpent en miettes, les torturent de mille façons pour les forcer à des aveux après lesquels la confiscation des fortunes est prononcée au profit des bourreaux. Les anthropophages engraissent leurs ennemis pour les manger; les catholiques romains mutilent leurs ouailles et leur font souffrir tous les tourments de l'enfer pour voler le bien des victimes. Les cannibales sont des sauvages ignorants, les écorcheurs papistes sont instruits, savants même, et se servent de leur intelligence pour supplicier froidement des innocents dont ils convoitent la fortune. Dans tout pays où l'Inquisition règne, une belle femme, une charmante jeune fille, une grande fortune, ont été souvent la cause innocente des plus épouvantables malheurs. A la luxure hideuse de l'inquisiteur, la belle femme, la suave enfant, perle de la famille; au sanhédrin de bourreaux en soutane, la fortune du chef de la maison.

On ne compte pas moins de dix millions de créatures humaines égorgées, déchirées, brûlées, dévorées par cette effroyable secte. Dans le Nouveau-Monde, les Espagnols guidés par leurs prêtres, dressaient des chiens à la chasse des Indiens, de ces hommes si bons et si doux. Ils ont ainsi dépeuplé cette belle terre, toujours pour la plus grande gloire de Dieu. Atroces scélérats!

Je ne dis rien de leurs mœurs ; tout ce que la débauche et l'orgie offrent de plus dégradé, de plus hideux, est du domaine des catholiques, papes et cardinaux en tête.

Voilà les dignes alliés de Bonaparte-Werhuel ; voilà ceux au profit desquels il a brisé les tables d'airain sur lesquelles étaient glorieusement inscrits les noms de ceux de tes frères morts en 1830 et confiés au Panthéon. Entends-tu, peuple?

(7) Des Montijo-Téba ....

Le vers commençait d'abord par cet hémistiche :

Des vierges à tout prix ....

Mais le mariage impérial étant advenu, il nous semblait impossible de ne pas signaler, au nom de la pudeur, cette femme assez dévorée de vanité, au sens assez dépravé, pour ne pas reculer devant la nécessité terrible d'être la compagne de l'opprobre ambulant, de ce type du monstre, repoussé avec tant de dégoût et de mépris par toutes les familles dynastiques de l'Europe, même par la petite princesse Wasa.

La vie des femmes de cour, nous le savons depuis longtemps, ne ressemble en rien aux sages et douces mœurs de la famille. Si la vierge Eugénie, comtesse Téba, voulait bien avoir pour nous un peu de la complaisance qu'elle prodigue à son incube, les échos du palais de Madrid, où si souvent résonnait le nom de Montpensier, ne reviendraient-ils pas à son oreille ? leurs doux chants d'amour, les myrtes et les roses, effeuillés naguère, ne seraient-ils pas un suave et consolant contraste au sale et sombre sabbat des Tuileries.

Car eufin, même quand la morale gronde, le récit des tendres escapades d'une jeune fille n'est pas sans charme. Mais quel serrement de cœur, bon Dieu ! en voyant écrits en lettres de feu, comme le *Mané*, *Thécel*, *Pharès*, ces mots terribles : “ La vanité, l'hypocrisie, la débauche, l'orgie crapuleuse, la férocité froide et l'assassinat tenaient les coins du poêle sous lequel, agenouillés côte à côte, la vierge Eugénie et l'amant de son choix, reçurent des princes de *l'église catholique*, Sibour en tête, la consécration du *mariage religieux* avec *l'anneau béni.*"

Et maintenant, nobles époux, *croissez et multipliez* pour la plus grande gloire de Dieu et du Pape-Loyola.

Une chose m'étonne profondément, c'est que le *Moniteur de l'Empire* n'ait pas encore officiellement annoncé l'*état intéressant de Madame.* — O dynasties ! vous êtes pourtant bien faciles à fabriquer !

(8) .... Par son Dalgaretto.

Dalgaretto, bandit napolitain, compère et familier du roi Bomba. C'est un mélange de Carlier, de Zzéla, le boucher de Metternick, du *six-sous* de la Vendée. En somme, du fumier, de la boue et du sang.

(8 *bis*) Page 14, 18me vers, on lit :

> .... Mathilde ta cousine,
> Sous l'ergot de Satan hérissant ton plumet.

Ce ridicule plumet ! jamais il ne fut mieux placé que par le *Charivari*, sur la tête du marchand de coco. — Il fallut que le dédain, le mépris, se montrassent bien amers pour décider le jongleur débarquant à Boulogne, un dindon sur le poing, à se séparer de cet ornement de foire. Toutefois, en déposant cet insigne de charlatan forain, il ne renonça pas à son fou rêve. Sa cousine, d'ailleurs, cette courtisane qui se donne, en fait de cynique débauche, les airs de Sophie d'Anhalt, de Catherine de Russie, la Mathilde, disons-nous, avait garde de le laisser s'endormir. *Osez ! osez ! vous n'oserez donc jamais?* — ces belles provocations écrites sur des gâteaux de Savoie, juste au moment où les détonations du champagne excitent la fibre du héros. Comment résister à de pareils entraînements ?

Oh ! grande, bien grande et bien triste fut la cécité de ceux qui, en 1848, provoquèrent la rentrée en France de ce malandrin sanglant. Après la promesse donnée en retour de la grâce accordée par Louis-Philippe à Strasbourg, promesse bassement et cyniquement violée à Boulogne, aucun doute ne pouvait demeurer sur les projets du personnage et sur leur immoralité.

(9) .... Tu crains trop la riposte.

Toujours les lâches sont féroces, *et vice versa*. L'attitude à Strasbourg de celui qui nous occupe prouve sans réplique son défaut de courage. Il en fut de même au Deux Décembre; les moyens de fuite étaient préparés avec soin pour le cas de non réussite.

Quand l'orage va commencer à gronder en France, les mêmes dispositions vont être prises. Après la dépopulation et l'égorgement de la France, après le pillage et la confiscation, le criminel va chercher à fuir pour aller jouir en Russie ou ailleurs, des biens qu'il a volés chez nous. Donc, garde à vous! habitants des frontières et surtout des ports de mer.

(10) .... Tous les Antonellins.

L'Evénement publiait dans ces derniers temps, avant le Deux Décembre, des lettres signées *Le pauvre ermite de la cour papale*. Sous ce pseudonyme, un personnage évidemment très instruit sur les choses de Rome, donnait les plus intéressants détails sur la situation du pape et sur son entourage. Par ces lettres, nous pûmes connaître la généalogie d'Antonelli et les moyens qui servirent à sa fortune. Cet homme est le fils d'un chef de bandits de la montagne, mais bandit assez habile pour avoir su se procurer auprès du gouvernement papal de puissants et sérieux protecteurs, auxquels il faisait une part *dans les bénéfices*. De la sorte il évita la majeure partie des risques du grand chemin, et parvint à se constituer une fortune. Il usa encore de ses protecteurs saints et puissants pour ouvrir la carrière à son fils Antonelli. Celui-ci fut placé auprès d'un cardinal dont il eut soin de prendre les habitudes et les goûts. Il connut assez promptement la plupart de ces monsignori, assez bons chrétiens pour venir en aide à son père, en lui évitant les désagréments attachés trop souvent au métier de la grande route.

Le jeune Antonelli se montra bientôt digne de suivre les traces de son père; de pousser même plus loin, son esprit étant de nature à donner un bon fils à l'église, ces monsignori le firent entrer dans les ordres et lui donnèrent la main pour le conduire jusqu'à son poste éminent d'aujourd'hui.

Selon *le pauvre ermite de la cour papale*, Antonelli étendit les affaires; non content de suivre les errements paternels, il se fit le centre des trafics de toute sorte, association de malfaiteurs remplissant leurs caisses des dépouilles de tout le monde. Sa haute position, loin de tempérer ses ardeurs avides, les déploya dans un champ plus vaste. Il prit pour associé, toujours selon les récits du pauvre ermite, un banquier, Torlonia, avec lequel il se fit accapareur de grains. On ne peut se faire une idée, dit toujours le pauvre ermite, des sommes énormes amassées au moyen de ces exactions. Tel est le premier ministre du pape Pie IX.

Quant à ses mœurs, elles sont ce qu'on peut attendre du fils d'un chef de bandits et d'un cardinal romain.

(11) .... Et l'ingénuité.

Par antiphrase et seulement pour tâcher de faire entendre sans récits à faire soulever le cœur, jusqu'où est arrivée la dépravation des courtisanes de l'Elysée. De nouveau, je renvoie au comte d'Orsay pour avoir une esquisse de l'intérieur de madame Howard et de Werhuel, dit Bonaparte, lorsqu'ils vivaient ensemble à Londres. On en garde ici un très profond souvenir.

(11 *bis*) Page 16, 15me vers, on lit :

Escobar et Sanchez, Moro, Tamburini.

Voir à ce sujet le *Compendium*, ou pour moins de recherches, *Résumé de la doctrine des Jésuites* (sans nom d'auteur) in-18. Paris, 1827. L'un des bons pères casuistes pose carrément cette question : *an vero Maria virgo semen emiserit in copulatione cum spiritu sancto?* A quoi un autre, Sanchez ou Suarez, je ne me rappelle plus trop lequel, répond, non moins résolument : *mulier erat, ergo semen emisit*, et là dessus, grande dissertation pour chercher à prouver qu'en prenant la vierge Marie pour mère de son fils, Dieu, sans doute, avait voulu que l'impression physiologique de la femme se trouvât connexe avec le spiritualisme de la mère de Dieu. Cette dissertation est assurément l'une des plus curieuses de ce recueil si fécond en choses curieuses.

J'aurais pourtant voulu que le casuiste poussât un peu plus loin les choses. En effet plusieurs historiens donnent un frère à Jésus, sinon deux ; il était ou ils étaient ses aînés: que devient alors Sainte Marie, *toujours vierge*, après la procréation d'un ou de deux enfants ? Le Saint-Esprit faisant des miracles par procuration divine, a-t-il pour la conception du Christ, reconstitué une virginité exprès ? le cas, il me semble, valait bien qu'on l'expliquât.

(12) .... L'amour de la famille.

Thiers, Dosne, Chenu, Véron, Delahode, Carlier, Werhuel, dit Bonaparte *e tutti quanti*, parlant de l'amour de la famille! en vérité, il faut traverser notre époque pour être témoin d'une aussi monstrueuse impudence.

Vous ! l'amour de la famille ? voulez-vous bien aller vous cacher, ordure du Diable : pouah ! pouah ! pouah !!!

(13) .... Borgia, César et Nicomède.

Jules César était l'un des plus grands, sinon le plus grand débauché de son temps. Il fut de Nicomède le valet de table et bien pis encore. Cesbron disait de Jules César : " Il est le mari de toutes les femmes et la femme de tous " les maris. " (Suétone, *Les Douze Césars.*)

Borgia, Alexandre VI, fut débauché, voleur, simoniaque, incestueux, assassin, empoisonneur et Pape........ infaillible, bien entendu comme tous les autres.

(14) .... Armés de saucissons,

Cet immonde bâtard ne fait pas un acte qui ne révèle ses

ignobles instincts ; il ne recherche de l'espèec humaine que le plus vilain côté. Agent de police à Londres, paladin saltimbanque à Eglington, il rêve l'empire, et pour y atteindre, il ne voit rien de plus grandiose que de s'entortiller dans les saucissons pour séduire les casernes. Vaniteux à donner des nausées, il faut qu'il paraisse, n'importe où et comment. Vous le verrez un jour trôner sur un tombereau.

(15) .... Accueillit la supplique.

Voici un nouvel exemple de la profonde hypocrisie du personnage aujourd'hui en scène.

Quand il était prisonnier à Ham, il pria un avocat de Paris de se rendre auprès de lui pour des affaires d'intérêt. Ce point réglé, on parla politique.

Nous jouions alors un rôle. L'avocat revint donc chargé d'une communication officieuse pour nous :

“ Veuillez instruire les républicains, avait dit le prisonnier, “ de ma résolution bien arrêtée, bien sincère, de ne plus me “ poser en prétendant. Je demande seulement qu'on m'ac- “ corde une chose, la liberté de rentrer en France. On fera “ de moi ce qu'on voudra si je vaux quelque chose. ” Oui, ajoutai-je ironiquement, maire de Saint-Cloud.

Je me hâte de dire que je ne croyais pas le moins du monde à la *sincérité* de l'homme qui venait de violer, avec tant de bassesse, la parole d'honneur donnée en retour d'une grâce. Aussi, en 1848, m'opposai-je énergiquement à sa rentrée. L'expérience a prouvé combien j'avais raison.

(16) .... Ecorchés par les dominicains.

L'Inquisition eut pour fondateur ce fou atroce nommé Dominique mis depuis au nombre des saints. L'église papiste n'en fait jamais d'autres.

Après avoir opprimé un peuple ami, l'armée aux ordres de Werhuel-Bonaparte sert de protectrice aux inquisiteurs. Elle assiste, l'arme au bras, aux supplices, aux tortures de tout genre dont les Romains sont victimes. Sous l'égide de

Werhuel-Bonaparte, la population entière est livrée à toutes les fureurs des inquisiteurs catholiques. On ne saurait trop le redire, tout ce qui, de sa nature est vil, lâche, cruel, affreux, rentre dans le domaine du Rosas de l'Elysée.

Et la foudre n'éclate pas encore ! ô Dieu !

(17) L'espionnage au foyer lacérant la famille.

C'est une bien pénible tâche que celle de chroniqueur d'une pareille époque. Au lieu d'avoir à donner de suaves et gracieuses peintures, il faut incessamment traîner aux gémonies de l'histoire ces noms hideux qui semblent n'avoir de mission sur la terre que la honte et la désolation des hommes. La circulaire d'Hautpoul faisant de la gendarmerie un vaste réseau d'espionnage étendu jusque sur le foyer domestique, restera comme un des monuments les plus dégradants qui aient jamais souillé l'histoire d'un peuple et outragé sa morale. *Regnante Werhuelo-Bonaparte*, cette suprême offense à la dignité humaine devait, en effet, se produire ; elle ressortait inévitablement des inspirations du repoussant bâtard, résumant en soi tous les vices et tous les crimes pétris ensemble.

(18) Nouka-Hiva, Cayenne et la torture à bord.

Il ne faut pas oublier, dans la distribution des prix, les suprêmes de cette majorité réactionnaire, violente et si encombrée d'ordures, si souillée d'apostats. Les Denjoy, les Heckeren, les Peupin, les Ségur-d'Aguesseau, tous les membres du ministère et tant d'autres encore dont les noms corrodent mes lèvres, sont les préparateurs et les metteurs en œuvre de toutes les lois infâmes dirigées contre la République et les républicains. Entre tous ces apostats et tous ces parjures, le jésuite Montalembert surtout mérite une place à part.

Il ne faut pas oublier davantage, Morny, Ducos et les autres valets de bourreau qui voulaient entasser, pour les faire mourir du typhus durant la traversée à Cayenne, huit hommes dans la batterie basse d'un vaisseau de 74 canons. Il faut se rappeler que si ce lâche et cruel projet manqua, ce fut par des circonstances indépendantes de leur volonté. D'abord le commandant du *Duguesclin* offrit sa démission pour n'être pas contraint, disait-il, de rendre 800 cadavres au lieu de 800 vivants ; ensuite la mer et les vents arrivèrent à la traverse, et l'assassinat froidement calculé de tant de Français ne put être accompli.... par la faute de l'Océan.

A propos de torture à bord, je ne puis que répéter ce que je disais dans ma première publication, *Une voix de proscrit*, en sortant du vaisseau : " En prenant le soin si délicat de nous annoncer comme des *forçats*, le pouvoir avait " donné l'ordre au commandant du *Duguesclin* de lever l'ancre aussitôt après notre embarquement. Partis le 10 janvier du Hâvre, par un temps assez doux, nous devions, s'il avait continué, être rendus en rade de Brest le 11 au soir, ou au plus tard dans la nuit. Le transbordement du *Canada* sur *le Duguesclin* aurait eu lieu le 12 au matin. Le vaisseau devait partir six heures après. Cette combinaison infâme, servilement copiée sur les actes de Fructidor, aurait été suivie jusqu'au bout. Un contre-ordre parti de Paris, quand on savait le navire en haute mer, aurait été suivi de cette déclaration hypocrite : " *L'acte de clémence n'a pu avoir son effet; déjà le vaisseau avait pris la mer.*" Par malheur pour l'habileté de ces sycophantes (mon Dieu! qu'ils sont hideux!), les vents d'ouest vinrent se jeter à la traverse, et déjouer les calculs homicides si bien combinés dans l'ombre. Il n'était plus temps! L'opinion publique, justement alarmée, se prononçait et parlait trop haut pour qu'on se permît d'assassiner froidement cinq cents hommes après les avoir lâchement calomniés.

" Nous devons donc au mauvais temps seul de n'être point partis pour la Guyane, aux vents d'ouest, qui nous firent danser si rudement, d'être à cette heure sur le continent européen. C'est le cas de répéter avec le proverbe : " A " quelque chose malheur est bon."

" A bord du *Canada*, nous étions enfermés au nombre de cent quatre dans un espace de quatorze mètres de long sur quatre mètres cinquante centimètres de large, et un mètre quatre-vingts centimètres environ de hauteur, ce qui donne un cube de cent treize mètres, quarante centimètres d'air ambiant, et ici nous ne tenons pas compte de l'espace occupé par les corps humains. Or, il faut à chaque homme quatorze mètres cubes pour vivre, soit mille quatre cent cinquante-six mètres cubes pour cent quatre hommes : nous avions cent treize mètres, c'est-à-dire un peu plus d'un mètre cube par tête, au lieu de quatorze mètres, encore cet air était-il profondément vicié ; il nous manquait donc mille trois cent cinquante-trois mètres cubes d'air, selon les lois de l'hygiène. Telle était notre situation à tribord arrière ; les autres étaient dans les mêmes conditions, excepté ceux placés dans la batterie, ceux-ci pouvaient ouvrir les sabords.

" Nous ne pouvions en faire autant des hublots, les vagues qui longeaient la frégate nous auraient noyés dans notre trou. De temps en temps, on nous donnait la *manche à vent*, véritable bienfait alors. C'est un énorme sac pareil à celui d'une trémie, mais bien plus long, et fixé au milieu du mât par un triangle en toile présentant ensuite la bouche du tube où l'air s'engouffre et parvient ainsi jusqu'au fond du navire. Nous bénissions cette bienheureuse manche à vent, quand nous la voyions s'alonger à l'arrière. Mais il fallait que le capitaine songeât aussi à nos compagnons, malheureux comme nous. C'était donc pendant six heures seulement sur vingt-quatre qu'il nous était permis de jouir du bienfaisant tube ; le reste du temps nous haletions.

" La nuit, pas de lumière, et défense d'en allumer. Un doux gendarme avait menacé d'éteindre d'un coup de pistolet la bougie de l'un de nous. Cette privation de lumière est bien plus pénible qu'on ne le pourrait croire, surtout dans notre position affreuse et presque tous atteints du mal de mer : bon nombre incapables de se mouvoir et mourant de soif, les plus valides étaient obligés d'aller au charnier afin de rapporter de quoi soulager nos infortunés camarades. Mais ce trajet était lui-même une difficulté sérieuse et pénible. Le plancher jonché de corps étendus sans mouvement, ne laissait pas inoccupée une place grande comme la main. Il fallait donc se traîner à quatre pattes, en tâtonnant dans l'ombre, sous peine d'écraser des têtes, des membres, ou de marcher sur le corps des malades. On rampait donc.

" Autre inconvénient grave : solidement fixés aux parois du navire, les charniers clos hermétiquement, ne permettaient de boire qu'à l'aide de petits syphons placés sur le contour. Comment faire pour donner de l'eau aux malheureux qui ne pouvaient pas même se traîner : on s'ingénia. Après avoir mis de l'eau dans la bouche, on la versait dans un gobelet. Quatre ou cinq gorgées étant ainsi réunies, la route était reprise en rampant jusqu'à ceux dont le mal de mer anéantissait les forces. De la sorte, il nous fut permis d'humecter de temps à autre la gorge brûlante de nos compagnons d'infortune. Quand on n'avait pas de gobelet, il fallait prendre de l'eau dans sa bouche, et le reverser, comme font les pigeons pour leurs petits, dans la bouche des malheureux dévorés de soif.

" Ajoutez à cela une nourriture dont n'auraient pas voulu les porcs, de la vermine à foison, et vous n'aurez pas encore une idée suffisante de nos souffrances à bord du *Canada*.

. . . .

" Nous venions d'échapper à un premier et très grave danger ; un coup de mer avait enlevé l'une des poulaines auprès du tambour. Une rafale furieuse venait de jeter le petit foc et la misaine dans l'une des pagaies : il fallait couper les amarres à coups de hache afin de dégager la roue ; le navire ne gouvernait plus, et nous étions à cinq cents mètres des roches noires ; un coup de pierrier nous en avertit. Le capitaine Bouet, attaché sur son banc, donna l'ordre le plus énergique de faire tous les efforts imaginables afin de remettre la machine en mouvement et de gagner la haute mer. Vaillamment secondé par l'équipage, il parvint à ses fins et fit mettre à la cape.

" Cependant un des coussinets de la machine, trop fortement serré, dit-on, était parvenu, par suite d'un frottement hors de toute règle, à un degré d'incandescence égal à celui d'une gueuse de fer dans la forge; il était rougi à blanc. On dirigea immédiatement des jets de pompe sur le foyer; cette manœuvre fut continuée toute la nuit, et l'on était maître du feu lorsque le vent faiblissant et la mer devenue moins dure, les esprits peu à peu se rassurèrent.

" Mais l'émotion avait été profonde, surtout quand on vint ouvrir les portes qui, jusque là nous avaient tenus étroitement captifs. " Allons, disaient quelques-uns, en voyant " cette mesure, nous sommes perdus, seulement on nous " ouvre pour que nous ne soyons pas noyés dans notre cage."

. . . .

" La privation de vin fut une des plus dures que nous eûmes à supporter. Mais c'était l'ordre rigoureux du ministre Ducos dont le roman bigame fit tant de bruit naguère à Paris. O soutien et ami de la famille !

" Cet apôtre des bonnes mœurs, le Ducos susdit, avait fait embarquer sur *le Duguesclin* les *vivres avariés des forçats*, c'était notre nourriture. Biscuit et gourganes où les vers foisonnaient, petits haricots faisant effervescence et s'écartant sous l'eau de potasse qui servait à les cuire, comme la chaux vive dans l'eau; un peu de mauvaise viande deux fois par semaine; deux fois aussi de la morue salée assaisonnée de beurre rance et de vinaigre ayant couleur d'huile de poisson; du pain plus mauvais que celui des forçats : voilà notre ordinaire, sans vin, bien entendu. On en donna pourtant un peu, *comme remède*, à raison de quarante deux centilitres par homme, et pour une cinquantaine des plus malades. Mais bientôt l'administration de la marine intervint, et le vin remède fut supprimé.

" On peut se faire une idée de l'humanité de ce Ducos par les ordres donnés au commandant Mallet : défense d'ouvrir les sabords, défense de nous laisser monter sur le pont, de peur sans doute de communication avec la terre. Le commandant n'observa point ces injonctions de tuerie latente; il passa outre, et fit venir des cantinières qui apportaient un peu de diversion à la nourriture homicide ordonnée par Ducos.

Mais le vin nous fut toujours interdit, malgré les énergiques réclamations du commandant."

(19) .... L'ardente messagère.

Cette créature est du nombre de celles dont on peut dire avec vérité, elle a le diable au corps. D'abord elle épouse le comte Demidoff, séduite, sans doute, par la perspective d'un revenu annuel de six millions. Bientôt, saisie par le désir de voyager, elle obtient de l'empereur de Russie un ukase qui lui permet d'en user à sa guise, tandis que son mari demeure cloué aux steppes moscovites. Le Hollandais Niewkerque ou Niewerkerque, devient son Sigisbé ; elle le fait nommer par son cousin Werhuel-Bonaparte, directeur des Musées, au détriment d'un Français, Jeanron, homme de probité, artiste de beau talent. Elle intrigue partout ; à propos de tout ; son cousin Werhuel reçoit d'elle provocation sur provocation au renversement de la République. " Osez, lui écrit-elle sur des gâteaux de Savoie ; vous n'oserez donc jamais ? " Voici Cotillon XLVII, le chiffre de ses années environ.

Après tout, sa position et sa conduite peuvent bien faire soupçonner davantage encore : n'aurait-elle pas une mission secrète ? Peut-être le Russe, appréciant ses qualités turbulentes de cotillon-gendarme, l'a-t-il chargée de tout bouleverser chez nous. Qui sait ? on a vu plus d'une fois de ces tours là.

(20) .... Le Batavo-Créole.

Joséphine Tascher de la Pagerie, veuve du général Beauharnais, puis femme du général Bonaparte, était créole ; elle transfusa les qualités ardentes de son sang à sa fille Hortense qui, bientôt, donna les preuves de sa valeur éclatante comme fille de race. Sa liaison intime avec le premier consul, son beau-père, frappait tous les regards.

Cependant la position était devenue embarrassante ; il fallait trouver un mari pour masquer le passé de la fille de Joséphine. L'impérieux consul fixa le choix sur son frère Louis, et le fit malgré sa répugnance l'époux d'Hortense, qui ne le repoussait pas moins. Ce mariage *forcé* eut lieu en 1802, et peu de temps après, Hortense mit au monde un fils qui reçut les noms de Napoléon Louis-Charles. Cet enfant fut élevé à Paris dans la rue de l'Université où le premier consul allait la voir souvent.

En 1803, Werhuel, amiral Hollandais, vint en mission à Paris. C'est pendant ce séjour que, bien reçu par Hortense, il dota, elle y mettant du sien, le monde du beau sujet qui déchire aujourd'hui la France. Il naquit en 1804.

Hortense était née à Paris en 1783. Werhuel à Dœtichen, Gueldre, en 1764. Louis Bonaparte l'avait fait maréchal de Hollande. Il est mort en 1845.

(21) Et comme à ses vingt ans masquée..................

Il est bon d'appuyer sur ce point. Ceux qui ne connaissent pas cette courtisane pourraient à ses fringantes allures la prendre pour une *jeunesse*. Il n'en est rien ; elle est à peu près de l'âge de son cousin, qui lui-même a 48 ans.

Pour bien des femmes, à cet âge, l'heure de la retraite a sonné depuis longtemps. Celle-ci, qui n'a de son sexe que la forme, tient absolument à se mettre en scène ; elle veut sans doute se faire appliquer ce vers de Juvénal pour une luronne de même essence : *Et lassata viris necdum satiata recessit.*

(22) C'est là passe-temps d'empereur.

Néron, pour s'amuser, incendia Rome et fit mourir dans les supplices les chrétiens, qu'il accusa de ce crime, non sans calomnier leurs mœurs et leurs doctrines. (Voir Tacite, *Annales.*)

Werhuel-Bonaparte agit de même à l'égard des républicains ; après avoir mis la France à feu et à sang, volé le trésor public, il la dépeuple par la proscription, la transportation sans jugement, la fusillade et la guillotine. Tous les

Véron, tous les Delamarre embouchent autour de lui la trompette de la calomnie contre les opprimés. Mandrin valait mieux que ces gens là.

(23) Sa belle fille ! un instrument.

Après avoir eu le cynisme de dégrader la fille sous les yeux de la mère, le premier consul ne put hésiter, n'hésita pas à lancer sa maîtresse dans la dépravation. Cette morale à laquelle il sacrifiait hypocritement dans l'intérêt de son ambition n'avait aucune racine dans son âme. La femme était pour lui une femelle, rien de plus, et la meilleure celle qui *faisait le plus d'enfants*, pour parler son brutal et repoussant langage.

Comment, élève d'un pareil maître, Hortense mariée malgré elle au frère de son bourreau, n'aurait-elle pas suivi à pleines voiles la route qu'on lui traçait ?

(24) Morny, Maupas, suivront de même.

Morny, frère utérin de Werhuel-Bonaparte, mérite une mention particulière. Disons d'abord comment il se trouve ainsi étiqueté. Nous le suivrons ensuite dans ses actes.

Le comte de Flahaut avait succédé à Werhuel dans les bonnes grâces de la reine Hortense. Bientôt, un état nouveau se manifesta, non intéressant, mais bien au contraire très compromettant pour la royale personne. Une fois encore, il fallut songer à sauver les apparences.

Un vieil émigré, de Morny, ayant laissé passer le délai fatal fixé à l'émigration pour rentrer en France, rôdait autour de la frontière, et n'osait la franchir sous le coup de la rigueur impériale. Cependant le cas de la reine devenait pressant ; on aperçut le gentillâtre rôdeur, et tout de suite la proposition lui fut faite d'épouser une femme de chambre sur le compte de laquelle on mettrait l'enfant de la reine, puis de reconnaître cet enfant comme sien. Cet arrangement accepté, il serait libre de rentrer en France. Il le fit, et voilà comment le frère utérin de Werhuel-Bonaparte, le bâtard du comte de Flahaut et d'Hortense est étiqueté Morny.

Passons à la seconde partie.

Le duc d'Orléans étant le chevalier en titre de madame Lehon, Morny s'en alla rôder autour de la dame. Deux motifs l'y poussaient fortement : d'abord l'excessive bienveillance du cœur de la dame ; on la disait assez richement douée de ce côté pour éprouver du chagrin à la vue d'un fidèle se morfondant et souffrant à ses genoux. Ensuite, ceci est moins délicat, mais délicatesse et Morny sont deux mots qui hurlent à côté l'un de l'autre ; le second motif pour Morny est tout d'intérêt matériel ; user des jouissances d'un intérieur très richement orné et défrayé par le prince, n'avoir pour arriver là d'autre dépense à faire que celle d'un bonnet de nuit, cela lui souriait. Il y parvint à force d'assiduités.

Les secrets d'Etat intéressaient beaucoup la dame. Le duc, auquel les ministres se seraient bien gardés de rien refuser, cajolé par sa maîtresse, lui livrait facilement les importantes dépêches. Elle en usait pour jouer à la Bourse où elle réalisa de gros bénéfices, et, ce qui mieux est, elle fit gagner à Morny environ trois cent mille francs.

A peine maître de ce pécule, notre homme n'est plus à lui. Le voilà courant partout comme un chien égaré. Il néglige celle qui l'a fait riche pour se poser en Lovelace de coulisses. Bientôt, sans aucun scrupule, il plante là sa bienfaitrice.

Les femmes supportent peu facilement de pareils écarts. Ne fût-ce que par amour propre, elles n'aiment pas à être quittées. On réfléchit donc : " Comment faire pour ramener ce drôle ? Il est sans cœur ; de brutales passions, rien de plus, et il les porte ailleurs ! Essayons pourtant."

Ce mental fini, la dame écrit une lettre pleine de douceur et de résignation ; elle disait en substance : " Vous êtes un " enfant ; votre conduite le prouve. Sans doute, j'ai bien " appris que les plus douces relations ne sont pas éternelles ; " mais n'est-il donc plus rien après elles ? Vous n'avez " plus d'amour pour moi ; soit, je me résigne. Mais est-" ce une raison pour me fuir ? Ne pouvez-vous me voir, " au moins comme amie ? Ah ! croyez-le bien, quand

" l'autre sentiment n'existe plus, l'amitié sait encore répandre
" bien des charmes sur la vie.

" Revenez donc ; vous n'entendrez de moi ni paroles
" amères, ni reproches ; au contraire, de la douceur, de
" cette douceur tant prisée par vous dans un autre temps.
" Mon sacrifice est fait ; revenez, non comme amant, mais
" comme ami. Je vous attends."

Morny ne résista pas. La promesse faite fut bien tenue envers lui ; rien de dur, rien d'irrité ; une apparence de douce sollicitude, de bons conseils. " Tenez, lui disait-
" elle, franchement, votre avenir m'inquiète ; je vous vois
" avec peine au milieu du tourbillon où vous êtes : vous ne
" savez pas ce que c'est ; non, vous ne le savez pas. Il faut
" à ces nymphes de coulisses une existence de princesses,
" c'est-à-dire beaucoup d'argent pour la procurer, et vous
" n'en avez pas. — Comment ! je n'en ai pas ? et mes trois
" cent mille francs ? — La belle affaire ! reprit-elle avec
" une petite moue dédaigneuse, trois cent mille francs ; la
" belle affaire ! Vous appelez cela une fortune ? Mais dans
" quelques mois, vous serez ruiné à plat et l'on vous regar-
" dera par dessus l'épaule, d'un air méprisant. Non, mon
" cher, non, ce n'est point avec si peu qu'on se lance dans
" une pareille vie ; il faut, pour y tenir un peu, et pas trop
" grandement encore, au moins trente bons mille francs de
" rentes bien assurées, bien assises, bien nettes ; sans cela,
" on se noie misérablement."

Elle avait touché la corde sensible, celle de la cupidité. " Trente mille francs de rente," murmurait-il entre ses dents. Puis tout-à-coup : " Mais cela suppose un capital de huit à
" neuf cent mille francs au moins ? — Sans doute. — Et je
" n'en ai que trois cent mille. — C'est vrai. — Comment
" donc faire pour le reste ? — Ah ! voilà justement le point
" difficile," ajouta-t-elle d'une voix lente, et en paraissant réfléchir. Puis après un moment : " Après tout, si cette vie
" vous plaît, peut-être trouverai-je moyen d'arranger les
" choses. — Vous ? — Eh ! mais, celle qui vous a fait gagner
" une première fois trois cent mille francs ne peut-
" elle pas vous en faire gagner trois cent mille autres ?

“ nous serions alors plus rapprochés du but. — Vous avez “ raison.” Et voilà les deux amis d'accord.

Le jeu à la Bourse recommença de plus belle, mais cette fois avec un guignon égal au moins au bonheur des premiers temps ; la fine mouche avait compris que le seul moyen de ramener son infidèle était de lui couper les vivres, aussi le fit-elle avec une dextérité sans pareille : peu de temps après Morny était à sec.

Alors recommencèrent les doux propos, les protestations d'amour qui l'avaient fait si bien accueillir. Il reprit l'attitude et le langage des premiers jours, il entassa promesse sur promesse, et comme elle paraissait y ajouter peu de foi, dans un moment de transport enthousiaste, il s'écria : “ Oui ! “ je serai fidèle ! — Fidèle ! Allons, soit, je veux bien es- “ sayer encore ; mais cette fois je prends mes précautions ; “ nous bâtirons la niche à Fidèle, là tout près de moi, afin “ que je puisse toujours l'avoir sous la main.”

Elle fit construire alors le petit hôtel contigu au sien et communiquant avec lui. C'est l'habitation ordinaire de Morny ; *c'est la niche à Fidèle*, presque en face l'Elysée.

Les amants de nouveau réunis avaient repris leur vie de plaisirs et de prospérités, quand, un beau jour, le duc d'Orléans se cassa la tête sur le chemin de Neuilly. La mort du prince entraînait la ruine de l'établissement. On fit bien tous les efforts possibles pour le soutenir, mais les nouvelles d'Etat, au moyen desquelles on se procurait de si honnêtes bénéfices ayant cessé d'arriver aux joueurs, les désastres bientôt remplacèrent le gain d'autrefois. On n'évalue pas à moins de deux millions les signatures en souffrance à Paris de madame Lehon et de son complice, lors de l'attentat de Décembre. Ce crime les sauva momentanément.

Cela prouve sans réplique que Morny était contraint par sa situation même d'être le ministre et le complice de son frère adultérin. On ne paie pas deux millions avec des feuilles d'artichaut, que Diable ! Il faut savoir où puiser.

Maupas est un chenapan de même étoffe ; ce qui le prouve, c'est qu'il a été et qu'il est toujours un des complices de Werhuel-Bonaparte.

Saint-Arnaud et Magnan furent bourrés de billets de banque. On raconte une anecdote qui prouverait une fois de plus combien ces boucaniers sont dignes de se comprendre, et se comprennent en effet. Cent cinquante mille francs manquaient à la somme convenue avec Magnan : "Je ne marche pas sans les avoir," dit-il crûment à l'envoyé. Il fallut bien s'exécuter, les heures vont vite. Quand il eut les billets en poche : "Bien, dit-il, maintenant, vous pouvez compter sur moi."

A voleur, voleur et demi. Magnan avait bien compris l'intention de Werhuel-Bonaparte, et voilà pourquoi il ne voulait pas lui faire crédit.

Voilà pourtant la bande qui mène la France avec l'aide des jésuites et du pape!

(25) .... Le dernier des supplices.

Pourquoi Saint-Arnauld ne viendra-t-il pas en Angleterre ? Ne serait-ce point par crainte de Tyburn ? On le dit ici : attendons. Quant à Werhuel-Bonaparte, à Magnan et les autres, la chose serait toute simple, on les recevrait comme Haynau, à coups de fourches. Qu'ils vienuent, s'ils l'osent, affronter l'horreur du peuple anglais pour eux.

(26) Le peuple, ce jour-là, fut égoïste et lâche.

Quand le peuple, ordinairement grand et valeureux, fait son devoir, le lui dire n'est que justice aussi. Ce qui distingue surtout le peuple, c'est le cœur ; hélas ! il était malade ce jour-là.

Il ne fallait pas chercher à fuir par la tangente en récriminant contre la conduite antérieure des représentants ; il ne fallait pas écouter la voix sordide de la politique de Louis-Philippe, les intérêts matériels ; il ne fallait pas suivre les conseils d'une mesquine et cruelle rancune ; il fallait, avant tout, regarder la main qui lacérait la Constitution, il fallait se souvenir du parjure de Boulogne et crier à pleins poumons : le parjure hors la loi !

Il fallait le broyer ce parjure et sa horde assassine avec lui. Là était le salut de la patrie, car, soyez-en bien convaincus, la chambre réactionnaire n'aurait pas résisté à l'orage populaire ; elle était jugée.

Que dire aussi de ce vote du 20 décembre ? En supposant, ce que je n'admets pas, que le peuple eût été trompé le jour de l'attentat, ses yeux alors n'étaient-ils pas dessillés ? Est-ce que les républicains arrêtés, fusillés, transportés, torturés de toutes les manières ne montraient pas assez clairement le but de ce bâtard, de ce scélérat venant s'imposer à la France au milieu des mares de sang et des ruines ? Est-ce que son alliance avec les jésuites n'était pas de nature à porter la lumière jusqu'aux plus aveugles ? Ah ! vraiment, ce fut un jour de malheur, un jour de deuil universel que ce jour où le peuple de Paris laissa trôner sous ses yeux cette bande de flibustiers qui, Bonaparte en tête, venait de voler le trésor et d'ensanglanter la ville. En ne suivant pas le sens moral dont il est habituellement pourvu, le peuple ouvrit par son inertie la voie au meurtrier qui, maintenant, désole et déshonore la France.

Arrêté le 2 décembre, avant le jour, je n'ai pu juger de la situation par mes yeux; mais vingt témoignages de mes compagnons d'infortune, à bord du *Duguesclin*, s'accordaient tous pour exprimer leur chagrin de la déplorable défaillance des ouvriers aux faubourgs Antoine et Marcel. Là, au lieu de suivre les représentants énergiques faisant leur devoir, le peuple les recevait avec une ironie moqueuse et laissait tuer Baudin sans sortir de sa coupable indifférence. Un mot lâchement cruel fut souvent répété dans ces jours néfastes, à ceux qui conviaient les ouvriers au combat : "*A votre tour les habits noirs !*" Comme si les habits noirs avaient jamais fait défaut aux grands jours ! Est-ce que Farcy, tué au Carrousel et au *premier rang*, ne portait pas habit noir ? N'était-ce pas aussi le vêtement d'Olympiade Lebon, tué le même jour au Louvre ? Est-ce que les habits noirs n'étaient pas un bon nombre à Saint-Méry ? Arrière donc ces distinctions rancunières et basses ! Le cœur bat aussi chaud sous l'habit que sous la blouse ; le vêtement n'a pas plus donné de courage à qui en manque, qu'il n'en ôte à qui en a.

Les ouvriers de Paris, dans les luttes pour la liberté, ne perdent pas relativement plus de monde que les écoles et les autres classes de citoyens qu'une loyale ardeur jette au milieu de la bataille. Année commune, on trouve à Paris deux cent quarante mille ouvriers valides, non compris les jeunes gens du commerce et les garçons de magasin. Est-il donc étonnant que cette grande masse fournisse à la mort plus d'hommes que les autres fractions de la population? Répétons-le donc, ce mot *à votre tour les habits noirs* fut, ce jour, lâchement cruel, d'autant plus que les habits noirs étaient en nombre, et ne se marchandaient pas.

Autre fait, deux jeunes femmes de ma connaissance, l'une de moins de vingt-deux ans, demoiselle du plus noble cœur, de l'éducation la plus distinguée, et entourée, comme elle le mérite, de l'estime générale ; l'autre, jeune mariée de dix-huit ans et demi, enceinte, sortent toutes deux et parcourent les rues afin de juger par leurs yeux de ce qui se passe. Elles s'approchent des groupes, et invitent au nom de la République menacée, à courir aux armes. On tourne le dos, et on s'éloigne. Après des tentatives infructueuses, les deux jeunes républicaines veulent essayer encore, et, s'approchent de quelques hommes dont l'attitude indifférente contraste si douloureusement pour elles avec la conduite de ceux de la barricade dont on entend les vigoureuses détonations. Elles abordent donc ces indifférents, et la demoiselle d'une voix accentuée d'indignation : " N'avez-vous pas de honte " de rester les bras croisés pendant qu'on mitraille vos frères? " Ecoutez le canon! Mais c'est votre sang que l'on verse là " tout près de vous! ne sentez-vous donc plus? "

A cette brûlante parole, chacun baisse la tête et s'éloigne sans répondre.

Cette expérience fut la dernière. A leurs yeux tout était perdu ; elles se retirèrent la mort dans l'âme.

D'où provient cette défaillance tant déplorable des ouvriers? Bien des causes du fait se présentent à l'explication. La gauche de l'Assemblée législative, lors de la loi du

31 mai, n'avait pas gardé l'attitude révolutionnaire. Au lieu de se masser comme puissance outragée, de se poser comme le représentant du droit traîtreusement et audacieusement attaqué, elle avait laissé discuter, elle avait discuté elle-même ce qui ne devait jamais l'être, le Suffrage Universel, droit antérieur et supérieur à toute constitution. A force de prêcher le calme quand il fallait appeler l'énergie, elle avait fini par jeter le peuple dans l'insouciance, dans l'atonie morale. D'un autre côté, les systèmes d'écoles diverses substituaient au sens moral, au dévouement, la politique, de l'estomac, la même au fond que celle de Louis-Philippe. Certaines, parmi les sectes se faisaient un mérite de n'être point révolutionnaires; comme si le premier soin ne devait pas être, n'était pas réellement de déblayer le terrain des immondices accumulés par l'empire et les récentes monarchies? comme si les diverses théories pouvaient trouver leur libre expansion ailleurs que dans le sein de la République, chacun commentant à l'aise, acceptant ou rejetant ce qui lui est proposé. Indépendamment de l'appel exclusif aux appétits matériels, les sectes présentent des inconvénients non moins graves; elles sont de leur nature peu tolérantes, restrictives de l'esprit humain et appelées à enfanter, selon certaines conditions de tempérament, des fanatiques. Les sectes sont des catholiques au petit pied. Or, malheur à qui a pu dire : hors de moi pas de salut!

Au milieu de cette confusion de doctrines, de ce prêche de sermons pusillanimes, les jésuites et leur digne allié, Werhuel-Bonaparte, faisaient leur chemin sous terre, comme les taupes. Les faubourgs, celui de Saint-Antoine surtout, étaient sillonnés en tous sens par leurs émissaires. Le ban et l'arrière-ban de S. Joseph, des Lazaristes, de S. Vincent de Paule, couraient de maison en maison, captant l'esprit des femmes afin de le faire réagir sur celui du mari, donnant de l'argent par ci, un peu de travail par là, usant enfin de leurs perfidies habituelles afin de conduire à la désaffection de la République. Ils allaient déclamant partout contre les 25 francs, et ne manquaient pas de voix faisant écho, voix d'hypocrites ambitieux et cupides, ne criant si haut contre les autres que pour se créer les moyens de les remplacer un jour; gens de crasse ignorance, sans intelligence que celle de leurs intérêts, sans conscience et sans foi, tartufes du prolétariat cherchant à prendre pour instrument le prolétaire, écume et lie enfin fermentant au sein du peuple, et le bistournant de toutes façons. Puis brochant sur le tout, cette ignoble et hideuse société du *Dix Décembre*, ramassis d'ivrognes, de fripons, de proxénètes en tout genre, image complète, en un mot, du saint sous l'invocation duquel elle marchait.

Au milieu de tous ces dissolvants, les uns jugeant mal et pusillanimes, les autres mettant leur petite denrée à la place du bien public et du sens moral, d'autres encore décomposant à leur souffle putride tout ce dont ils peuvent approcher, quelle pouvait être la conduite du peuple? Celle d'un asphyxié par l'atmosphère : il s'affaisse, agité de suffocations. — Le peuple a fait de même en Décembre.

Mais il se relèvera, gardez-vous d'en douter. N'est-ce pas ouvriers de Paris, que vous ne vous laisserez pas suspecter d'avoir été les complices du plus crapuleux vaurien dont jamais l'haleine ait empuanti l'air.

D'ailleurs, *il le faut!* ce mot est impérieux comme le temps qui passe. Peuple, il importe d'effacer la tache que Décembre a laissée sur ton habit si noble jusque là!

Le meurtrier parjure s'est mis lui-même hors la loi : il y est toujours.

(26) .... Tes soldats trabucaires.

Les Trabucaires sont des brigands pyrénéens très amoureux du bien d'autrui, adonnés à la débauche, à l'orgie, à la férocité, comme Verhuel-Bonaparte, Magnan, Saint-Arnaud, Pellion, Canrobert, Reybell, Espinasse, de Goyon et consorts. Mais les trabucaires ont sur ceux que je viens de nommer l'avantage d'une franche scélératesse. Point de profession de foi religieuse, morale ou sociale, point de masque hypocrite; au contraire, ils déclarent nettement la guerre à la société, à ses lois morales et civiles; ils ne se couvrent pas plus du manteau de la religion que de l'égide de la loi qu'ils bravent. Les trabucaires tuent souvent leurs prisonniers, mais ils ne les calomnient point ; ils ne sont pas descendus encore à ce degré de bassesse.

Quand, au moyen d'un guet-à-pens, ils ont pu faire des prisonniers, les trabucaires leur promettent la vie sauve moyennant rançon. Si l'argent arrive, les victimes sont relâchées. Mais les trabucaires n'assassinent point en masse comme l'ont fait les soudards de Bonaparte à Paris, dans la Nièvre, à Aups (Var), où, dit-on, six cents républicains furent égorgés, après leur défaite, par ces mêmes soldats dont ils payaient chaque année la nourriture et les habits. En somme, les trabucaires sont moins mauvais.

(27) L'outrage de ce nom qui nous livre au mépris.

On ne saurait se faire une idée du mépris, du dégoût avec lesquels les Anglais de toutes les classes parlent de ce Napoléon de l'orgie. Ils ont tous vu ses honteux moyens d'existence avec cette Howard qu'il est allé chercher à sa boutique de marchande de poisson. On voit toujours à Hungerford-Market, l'étal de cette créature, exposant sa marchandise. Aussi, les langues ne tarissent-elles point sur les moyens ignobles employés par ce couple pour subvenir aux frais du ménage. Les Anglais ne peuvent comprendre comment la nation française si polie, si délicate dans ses mœurs, regarde, impassible, les scènes scandaleuses de l'Elysée et de Saint-Cloud ; ils se demandent comment elle peut souffrir dans son sein le crapuleux entourage du tyran ; comment cette nation, naguère si fière, si passionnée pour la liberté, peut supporter, morne et déchue, le joug si honteux d'une poignée de sales brigands. A son attitude actuelle, les Anglais ne reconnaissent plus le peuple de France. En vérité, il y a de quoi.

Seulement, je réponds : cette somnolence n'est que passagère, ne vous y trompez pas ; la France se réveillera. Vous la verrez noble , grande et fière comme elle le fut dans ses beaux jours. Oui, elle se relèvera ; il le faut, car un peuple qui s'endort sous la fange est un peuple mort.

(28) .... Comme autrefois Pérouse.

Pérouse fut noyée dans son sang par Auguste à la suite des guerres qui s'allumèrent après la mort de Jules César, tué, en plein sénat, par Brutus, Cassius, Cimber et les autres conjurés.

(28 *bis*) Page 28, 16me vers, on lit :

.... L'incroyable torture.

Aux détails déjà fournis par la note 19 , j'ajoute cecomplément : A bord du *Duguesclin*, notre literie était composée d'une mauvaise couverture et d'un hamac sans matelas. Comment coucher sans habits dans une pareille enveloppe et par le temps le plus froid de l'hiver ? Nous restions donc vêtus. Pour mon compte, je passai plus de quarante jours sans me déshabiller, il me fallut pourtant au bout de vingt jours, me débarasser de ma chaussure : mes pieds enflés et endoloris ne me permettaient plus de la garder ; le sang n'arrivait qu'avec peine aux extrémités. Aussi, reçus-je comme un bienfait le billet d'hopital qui me fut délivré vers la fin de février.

Le fait suivant montrera quel était le délâbrement de nos forces physiques. Chaque matin, à six heures, *le Duguesclin*, portant pavillon amiral, tirait un coup de canon pour l'ouverture du port. La batterie qui nous était superposée était armée de pièces de 36, pièces faisant un bruit énorme, on le sait. Eh bien, la prostration physique était si considérable, l'affaissement si grand, le sommeil, dont nous avions tant besoin, si lourd et si profond que, six fois au moins, il m'arriva de ne pas entendre ce coup de canon de 36, tiré précisément au-dessus de ma tête, à deux mètres de distance, et dont le feu illuminait notre batterie. On peut juger par là de l'intensité des souffrances qui produisaient un pareil abattement physique. Les prisonniers du *Duguesclin* garderont toute leur vie une affection maladive plus ou moins grande, et suite inévitable de la torture à bord.

(29) Par la délation et par la calomnie.

Les harpies qui déchirent la France ont mis tout en œuvre pour souiller plus qu'elle ne l'a jamais été, la page historique où leurs noms seront cloués comme au pilori. En aucun temps la délation n'avait pris des proportions aussi gigantesques. Après juin 1848, elle alla fort loin sans doute, mais encore se bornait-elle au département de la Seine, ou peu s'en faut. Cette fois, elle a enveloppé toute la France. La circulaire infâme d'Hautpoul aux gendarmes, l'ignoble et hideuse société du *Dix Décembre*, le général Pyat et Werhuel-Bonaparte en tête, les bedeaux, les sergents de ville, les sacristains, les curés, des militaires, oui, des officiers, et les jésuites traînant en laisse la magistrature lâche et vénale, les mouchards de tout rang et de tout sexe, par myriades comme les sauterelles, se sont abattus sur le pays désolé, et lui ont donné d'un seul coup plus que les sept plaies d'Egypte. Les haines locales se sont assouvies avec rage. Malheur à qui avait mal parlé du préfet! malheur à qui avait donné un coup de pied au chien de la *mairesse*, ou n'avait pas vanté la pudeur du 10 Décembre, ou bien avait regardé de travers M. le gendarme, M. le mouchard, M. le commissaire! malheur enfin à tout homme assez digne pour n'avoir voulu côtoyer le cloaque administratif qu'avec des bottes fortes, des pincettes et de l'alcali. Cet infortuné se trouvait, après Décembre, la pâture des harpies décembristes. Nouka-Hiva, Cayenne, l'exil, l'Afrique, voilà les moyens de se débarrasser d'hommes auxquels on garde haine en raison composée de sa bassesse propre et de leur dignité à eux. *Proh pudor!*

(30) Si le peuple eût tenu sa place en ces combats...

A mesure que les jours s'écoulent, ceux qui, le 4 décembre, ont laissé mitrailler sous leurs yeux, et sans les défendre, les femmes, les enfants et les vieillards, reçoivent souvent l'écrasante appréciation de leur conduite d'alors.

Voici, entr'autres et à ce propos, un mot qui restera fixé au front du siècle comme une étoile au firmament.

L'un des plus savants écrivains et des plus justement célèbres de notre temps, connu par sa bienfaisance et son humanité envers les malheureux, voit arriver chez lui un ouvrier qui lui demande de quoi manger ; le sage répond aussitôt d'une voix pleine d'émotion : " *Va-ten lécher les pavés, il y a encore du sang !*

Cela se passait peu après les exploits du *César de l'assassinat.*

Vers le même temps, un autre écrivain, homme de science et de talent aussi, donnait à la France le scandale de la plus sordide apostasie. Possesseur de plus de cinquante mille francs de rentes foncières, donc indépendant, il donnait cours à sa brutale avarice en plongeant le bras jusqu'à l'épaule dans la fange et le sang accumulés par le monstre ; il y ramassait les appointements extorqués aux contribuables pour faire douce et splendide existence aux sénateurs et aux chefs du conseil d'État. Cependant, il avait écrit autrefois des livres accablants, des pamphlets virulents contre les vampires monarchiques, entre autres les *Lettres sur la liste civile.*

Je vois dans le *Livre des Orateurs*, édition de 1848, tome 1er, page 228, ces paroles : " *détestables flatteurs, race empestée, vous perdrez avec vos adresses, vos compliments et votre phraséologie trompeuse, tous les gouvernements faibles et parleurs que vous servirez.*"

Ce livre était publié sous le pseudonyme de Timon ; à cette heure Timon n'existe plus, il est maculé, souillé, détruit par M. le vicomte de Cormenin, sénateur, l'un des chefs du conseil d'Etat éclos au souffle de Werhuel-César. Le vicomte de Cormenin est venu à résipiscence, il a repris ses oripeaux aristocratiques, sa voix de flatteur cupide, et relégué Timon au ruisseau d'où il n'aurait jamais dû sortir. Hosanna !

Pendant que chaque mois il palpe les écus français en échange de ses élucubrations au conseil d'Etat, un autre, son complice, mais plus roué, plus audacieux, Méphistophélès à l'œil louche, Emile de Girardin, pour dire son nom, s'évertue à prouver que la liberté d'écrire a droit d'asile en France. Au moyen de quelques phrases grimaçant une espèce d'opposition, phrases perfides et menteuses, fruit d'une convention occulte entre lui et les écornifleurs à la suite de Werhuel, il espère donner le change à l'opinion et faire croire à la liberté de la presse. Cynique impudence! l'effronté jongleur prend des airs de matamore, se pose en don Quichotte de la liberté, et pousse l'audace jusqu'à promettre, si la liberté était frappée, de s'envelopper dans son linceul! *proh pudor!*

O trop oublieux ouvriers, ne vous rappelez-vous pas que le même charlatan, d'abord repoussé justement par vous, puis élu à Strasbourg où on le connaissait moins, avait, avant décembre, signé la promesse de *mourir à son banc* si la liberté était frappée. Oui, citoyens, il avait signé cela dans son journal, et pourtant il joue encore de ses gobelets dans *la Presse.*

Et maintenant, en face de ces hideuses apostasies, ne comprenez-vous pas la voix indignée du grand apôtre de la République : " *Va-t'en lécher les pavés ; il y a encore du sang !*

(31) Qui souillent, au dehors, jusques au nom français.

On doit la vérité à tout le monde, mais surtout à ceux qu'on aime. Entendez donc, ouvriers de Paris, paysans de France, écoutez les échos qui vous arrivent des pays voisins. On ne vous reconnaît plus ; on cherche en vain la tradition de ce grand peuple qui, en 93, émancipa le monde, qui, en 1830, fit preuve de tant de courage, de grandeur, et fut salué en Europe comme peuple d'initiative et de régénération. On s'étonne de vous voir supporter avec tant de nonchalance un despotisme aussi repoussant. On vous accuse d'être les complices de ce sordide aventurier, au moins de complicité par inertie. Ecoutez donc la voix de tous les pays qu'il a traversés. Entêtement, vanité, fourberie, débauche crapuleuse, improbité, jonglerie, bassesse, barbarie, tous les vices et tous les crimes hors nature et contre nature, voilà le bilan moral de l'individu dont on vous accuse d'être les complices. Ne repousserez-vous pas cette hideuse solidarité ?

Votre réputation de courage en souffre à son tour ; il n'est pas jusqu'aux Belges, oui, aux Belges eux-mêmes, qui ne cherchent un point de similitude et de compensation entre leur déroute à la fois ridicule et honteuse à Louvain et votre inconcevable défaillance au 2 Décembre et depuis.

Ah! citoyens, la politique de Louis-Philippe, formulée par des sectaires, a trop déteint sur vous ; reprenez votre route un moment abandonnée, retournez à vos nobles inspirations d'autrefois : *Les grandes pensées viennent du cœur.*

(31) Au confessional outragent sa pudeur.

La confession auriculaire et secrète n'est pas seulement un abus, c'est un crime ; oui, un crime social qu'il faut se hâter de faire disparaître. Quel est l'homme devant lequel une femme vient s'agenouiller ? Un serf du pape, avant tout jurant par le pape et les jésuites qui le mènent. Pourquoi amène-t-il cette femme à se mettre à genoux devant lui ? Pour lui extorquer à force d'hypocrisie, de fourberie, des secrets de ménage ou de famille qu'il ira livrer aux jésuites. Qui peut dire combien de crimes ont été préparés au confessional ? Est-ce que le curé Gothland n'était pas le *directeur de conscience de la comtesse des Sablons ?* est-ce qu'il ne la recevait pas au confessional avant qu'elle ne lui remît l'arsenic destiné à l'empoisonnement de sa domestique ? Et le curé Maingrat! ne confessait-il pas sa pénitente avant de la souiller et de la couper en morceaux ? et elle était mariée, mère de famille !

Toute femme ou fille se livrant à cette exécrable pratique est perdue ou, tout au moins, très menacée dans son avenir. J'ai entendu de la bouche de plusieurs pénitentes devenues mères de famille le récit, voilé cependant, des abominations débitées au confessional par les hommes noirs. C'est à soulever le cœur d'indignation. Voici un fait entre tous : une jeune demoiselle, quatorze ans, aussi distinguée par son intelligence et son éducation que par la pureté de son âme, avait alors, pour parler son langage d'aujourd'hui, *le malheur d'être dévote.* Un jour, elle se présente à l'église, et s'agenouille devant un prêtre. Mais, tout-à-coup, révoltée par les obscènes paroles du misérable, elle se lève, rouge d'indignation, en jurant de ne jamais remettre les pieds dans une église. Elle a tenu parole. Que lui disait ce prêtre, suppôt du diable? je l'ignore ; mais à en juger par l'énergie de la résolution, il faut que la pudeur de la jeune fille ait été gravement, bien gravement outragée.

Autre fait : un propriétaire de la Corrèze, avec lequel je suis lié, a épousé une femme qui, elle aussi, a le malheur d'être dévote. Un jour, le curé la prie de choisir elle-même son heure pour s'approcher du tribunal de la pénitence. Elle arrive ; sous le prétexte de l'honorer, l'homme noir l'invite à passer dans la sacristie où elle sera plus à l'aise, prétend-il. A peine la porte est refermée sur eux que la dame, au lieu du sermon pastoral, reçoit à brûle-pourpoint une déclaration d'amour ; indignée, elle repousse le misérable qui, de plus en plus insiste et devient pressant. A la fin, irrité, mis hors de lui-même à la vue du dégoût et de l'horreur qu'il inspire, furieux et l'écume à la bouche, l'homme du diable s'écrie : " Il le faut ! il le faut ! de gré ou de force ; si tu ne cèdes " pas, j'userai de violence."

Alors une lutte abominable s'engage. La victime de ce guet-à-pens se défend avec le plus grand courage ; mais bientôt affaiblie, elle appelle à son secours. Le bruit qui se fait dans la sacristie, les cris de la femme attirent quelques personnes qui frappent à coups redoublés à la porte. Terrifié, le lâche coquin se dérobe et va se mettre à l'abri dans un recoin obscur. Madame *** profite de ce moment pour ouvrir la porte et s'élance hors de l'antre, ses vêtements en désordre et déchirés.

En rentrant à la ferme, elle raconte la scène à son père. Il est d'abord question de la céler au mari, tant, s'il est instruit, on craint pour la vie du prêtre. Mais bientôt on renonce à ce moyen tout gros de dangers.

Quand il connut la tentative infâme du curé, l'époux n'eut plus un moment de repos qu'il ne l'eût trouvé. Il le joignit enfin, le roua de coups, l'écrasa, et le laissa pour mort sur la place. Bientôt des paysans emportèrent au presbytère le hideux curé privé de sentiment. Il resta six mois alité des suites de cette correction si bien méritée.

Sachez bien, époux, que du jour où la femme va à confesse, il y a entre elle et son mari un étranger dominateur et perfide, qui saura bien, après la première confidence faite, amener par degré sa pénitente à la révélation de tous les secrets de votre intérieur. C'est un trouble-ménage qui pour régner chez vous sèmera la désunion. Si la femme est jolie, il va chercher à la séduire.

Mères de famille, songez à vos filles, à ces tendres fleurs dont un souffle infect souillera la pureté. La position de ces hommes noirs est hors de nature ; pour assouvir leurs passions, ils ne reculent devant rien. Ne perdez jamais le souvenir de l'infortunée Cécile Combettes, la belle fille de Toulouse, si affreusement martyrisée à 16 ans par l'infâme Léotade.

(33) Le parjure à prix d'or que tu venais offrir.

La conduite de la magistrature au 2 Décembre restera la page la plus ignominieuse de ce corps déjà si justement flétri. S'il se fût trouvé au cœur de la magistrature, un semblant de dignité, d'amour du bien public, l'effort du bandit et de ses coupe-jarrets devenait impuissant. La suspension de la justice en France, l'appel à l'honneur contre le parjure auraient certainement réveillé le sens moral engourdi. Mais ne fallait-il pas à ces gens des honneurs, des traitements ? Qu'est la probité pour un Delangle et pour tant d'autres *ejusdem farinæ ?*

(34) Moins triste pourtant et moins hideux que vous.

Assurément la peste, le choléra, sont de terribles fléaux ; ils traînent avec eux l'épouvante, la désolation et la mort. Mais après leur funeste passage, la douleur des familles décimées reste seule, et cette douleur est elle-même un hommage à la morale publique ; le respect dû aux morts et le regret de les avoir perdus témoignent des bons sentiments du cœur humain. La peste détruit le corps, elle ne souille pas l'âme.

Voyez, au contraire, ce qui suit les forfaits des écorcheurs de Décembre : indépendamment des morts, des exilés, des transportés politiques qu'elle pleure, la France voit encore dans son sein l'espionnage, la délation, la calomnie, le vol, le parjure, la corruption sous toutes ses faces, le proxénétisme dans tous les rangs.

L'exemple suivant va montrer à quel renversement de toute morale les scélérats de Décembre ont ouvert la voie. Un assassin, condamné comme tel par les tribunaux réguliers, parlant lui aussi de société menacée, à l'instar de Werhuel-Bonaparte, glorifiant celui-ci de son crime, me semble un critérium de la valeur réelle de ces gens-là. L'assassin du bagne faisant l'éloge de l'assassin au faîte du pouvoir, un tel spectacle donné en public doit fournir un des plus curieux chapitres du livre des sympathies. Voici le fait dont il s'agit :

L'Avenir de la Guadeloupe, rendant compte de la relâche à la Pointe-à-Pitre de la frégate *la Forte* qui avait déposé à Cayenne le premier convoi de transportés du bagne de Brest, rapporte que l'ex-commissaire extraordinaire, Riancourt, de sanglante mémoire, l'assassin de Lillebonne, avait demandé, au débarquement du convoi, à prononcer un discours. Ayant pris la parole, il commença par remercier l'état-major de la frégate des égards qu'il avait eus, pendant la traversée, pour les transportés forçats. Il avait terminé sa harangue en appelant les bénédictions du tout-puissant,

Sur la France !

Sur le Prince-Président, le restaurateur d'une société déchue !

Déchue ! je le crois bien. Une société assez déchue pour envoyer au bagne l'honnête assassin Riancourt si bien disant l'éloge de son égal en droit, Werhuel-Bonaparte !

Les cœurs faits pour s'aimer se rencontrent toujours.

Post-scriptum, page 35, 1er vers, on lit :

> Enfin tu l'as franchi ce pont d'où l'on descend
> Pour aller se baigner dans un fleuve de sang !

Dans le mois de juin 1852, on vit exécuter à Belley (Ain) Charlet, jeune homme de vingt-quatre ans, Français d'origine, mais né en Suisse à Copet, dans le canton de Vaud. Voici les causes de sa mort.

A la nouvelle de l'attentat de Décembre, Charlet désireux de faire son devoir contre le boucher de l'Elysée tenta de pénétrer en France avec deux de ses amis. Il était armé d'un sabre seulement.

Des douaniers ayant voulu s'opposer à l'entrée des trois républicains : " Nous ne sommes pas des contrebandiers, leur dit-on, ceci n'est pas votre affaire, laissez-nous passer." Les douaniers insistant, il s'en suivit une rixe dans laquelle un d'eux fut tué d'un coup de fusil. La gendarmerie ayant été prévenue, Charlet bientôt fut arrêté.

La commission militaire savait bien qu'il n'avait pas de fusil, mais on voulait le forcer à dénoncer ses camarades. Charlet s'y refusant avec une grande dignité fut condamné à mort.

M. P. de R...., se souvenant des services de la mère du condamné, se rendit à Paris ; toutes ses démarches auprès de l'Elysée furent inutiles. Le général Dufour, l'auteur présumé du livre sur l'artillerie attribué à Verhuel-Bonaparte et signé de lui, le général Dufour, disons-nous, se joignit en vain à M. de R... On répondit brusquement : *Charlet est Suisse, il faut qu'il y passe. Si on faisait grâce à un Suisse, il faudrait grâcier tous les Français.* Grâcier tous les Français eût été grand dommage en effet ; les appétits du crocodile de l'Elysée ne sauraient être satisfaits ainsi.

La famille de R.... avait caché à la mère du martyr sa fin tragique, mais un écorcheur en soutane faisait de son mieux afin de remédier à ce fâcheux état de choses. Laisser ignorer à une pauvre mère les circonstances atroces de la mort de son fils ! Un certain *Penal*, oui, Penal, prêtre, écrit ces lignes : " Ce qui doit consoler sa pauvre mère, c'est sa " conversion, en face de la mort, à l'église catholique ro- " maine. "

" Oui, Charlet a rempli ces derniers devoirs, et son dernier " vœu, la dernière volonté du mourant a été que sa mère " bien aimée embrassât la même religion, afin que leurs " âmes ne fussent point séparées à la droite du père éternel." Signé Penal, prêtre.

Ainsi la bonne âme de ce prêtre, non seulement ne reculait point devant l'idée de frapper aussi brutalement le cœur d'une pauvre mère à laquelle on cachait son déplorable malheur, il fallait encore à la charité *catholique* une calomnie, afin de secouer par un ébranlement terrible la pauvre affligée et de l'amener par ce moyen à se jeter dans le giron du pape. Malheureusement pour le saint personnage, sa lettre fut arrêtée : elle ne parvint donc pas à la mère infortunée, mais par compensation la sainte épitre fut communiquée dans le canton afin de montrer une fois de plus que rien n'est sacré pour les hommes noirs, quand il s'agit d'arriver à leurs fins.

Voici maintenant le démenti solennel donné par Charlet lui-même à l'assertion du prêtre catholique, c'est la lettre écrite au crayon, avant de mourir, au poète Ph. Ch., de Genève, son ami :

" Mon cher ami,

" J'ai pu faire crayonner ces lignes par un brave qui serait " compromis si je te disais son nom. C'est demain ou après " demain que l'heure fatale arrive ; embrasse tous nos frères " en démocratie, dis-leur que j'ai eu la force, malgré les li- " queurs versées dans mes aliments, de résister aux tortures " des prêtres ; — que je meurs innocent et sans avoir voulu " dénoncer personne, malgré les promesses de grâce et de " départ avec de l'or ; — que le prêtre veut malgré moi, me " faire baiser le Christ, mais que je l'embrasse comme notre " maître en démocratie.

" Adieu à ma mère qui nous a appris à mourir pour nos " frères. Adieu, on vient.

" Charlet. "

Les circonstances affreuses n'ont point manqué à ce lugubre drame. Ce fut d'abord, comme je l'ai dit plus haut, la froide atrocité de la commission militaire sachant bien l'innocence de Charlet et néanmoins le condamnant à mort ; en second lieu, l'exécution elle-même fut entourée d'une insolite horreur. Soit que la machine eût été mal disposée, soit que le corps du patient eût été mal placé, le fatal couperet en tombant atteignit une épaule et ne sépara point la tête du tronc ; le malheureux respirait encore quand il fut déposé au cimetière.

Ce fut un jour de grand deuil pour Belley. Toutes les maisons étaient closes sur le passage de la victime marchant à pied vers l'échafaud.

Mais en revanche on chantait haut à Paris les louanges de l'Elysée. Le banquier Delamarre et son collègue Véron dansaient au milieu des détails atroces. — Chacun son rôle, c'est dans l'ordre.

Page 36, 6me vers, on lit :

Rosas reçu par toi, Rosas ton digne ami.

On se souvient que Rosas chassé de Buenos-Ayres vint à Paris avec sa fille. Les journaux de l'Elysée ne tarissaient pas d'éloges sur l'accueil tout plein de cordialité fait à Rosas par son ami Werhuel-Bonaparte.

Ces feuilles élyséennes sont en vérité bien grossièrement niaises. Comme si réception pareille de l'un par l'autre n'était pas dans la logique des caractères, des faits ! Est-ce que Rosas n'avait pas fait décapiter les Français pris par Oribe, dans la guerre de Montevideo ? Le dictateur *gaucho* n'avait-il pas fait exposer les têtes coupées aux étaux des bouchers de Buenos-Ayres ? N'était-ce pas le moyen le plus sûr d'exciter les sympathies de Werhuel-Bonaparte ?

Extasiez-vous donc, gracieux courtisans !

S'il était besoin de démontrer combien le despotisme est, de sa nature, abrutissant, criminel, immoral ; si on prouvait l'évidence, l'état actuel de la France ne donnerait-il pas un profond enseignement ?

Toutefois après la somnolence, la torpeur, le réveil arrive. Il importe donc de consigner ici, pour l'histoire les noms des coupe-jarrets qui ont servi, à prix d'or, les desseins du bâtard élyséen.

Voici cette hideuse nomenclature :

Etat-major général aux Tuileries.

Magnan, commandant en chef.
Brunot de Rouvre, aide-de-camp.
Sauterot, idem.
Cornemuse, chef d'état-major-général.
Jardot, idem.
Castelman, idem.
Robinete, capitaine d'état-major.
Philipponnat, idem.
Clerville, idem.

Division du général CARRELET.

Brigade du général DE COTTE.

Guillot, colonel du 15me léger.
Quilico, colonel du 7me de ligne.

Brigade du général BOURGON.

De Serre, colonel du 28me de ligne.
Bouart, colonel du 33me de ligne.
Mayran, colonel du 58me de ligne.

Brigade du général CANROBERT.

Peyssart, colonel du 27me de ligne.
De la Grandville, colonel du 49me de ligne.
Levassor-Sorval, commandant du 5me bataillon de chasseurs.

Brigade du général DULAC.

Saucerotte, commandant le 1er bataillon de gendarmerie mobile.
Gastu, colonel de la garde républicaine.

Brigade du général REYBEL.

De Rochefort, colonel du 1er lanciers.
Feray, colonel du 7me lanciers.

Division du général LEVASSEUR.

Brigade du général HERBILLON.

O'Keffe, colonel du 6me léger.
Chapuin, colonel du 3me de ligne.
Auzony, commandant du 9me bataillon de chasseurs.

Brigade du général MARULAZ.

De la Motte Rouge, colonel du 19me léger.
Cuny, colonel du 44me de ligne.

Brigade du général COURTIGIS.

Repond, colonel du 31me de ligne.
Lorenton-Dumontel, colonel du 43me de ligne.
De Lourmel, colonel du 51me de ligne.

Division du général KORTE.

Brigade du général TARTAS.

Ravel, colonel du 1er carabiniers.
De Wacquart, colonel du 2me carabiniers.

Brigade du général D'ALLONVILLE.

Salle, colonel du 6me cuirassiers.
Mavet, colonel du 7me cuirassiers.

Division du général RENAULT.

Brigade du général SAUBOUL.

Courand, colonel du 19me de ligne.
Duval, colonel du 30me de ligne.

D'Hugues, colonel du 37me de ligne.

Brigade du général FOREY.

De Négrier, colonel du 14me de ligne.
Privat de Garilhe, colonel du 56me de ligne.
De Castigny, commandant le 6e régiment de chasseurs.

Brigade du général RIPERT.

De Garderens de Boisse, colonel du 6me de ligne.
Espinasse, colonel du 42me de ligne.
Duplessis, commandant le 3me bataillon de chasseurs.
Bertrand, général de brigade, ayant ramassé ses épaulettes dans la fange de la délation, après 1848 ; c'est l'inquisiteur en bottes fortes auquel on doit la première exécution des transportations.
Couston, colonel, président du conseil de guerre pour le complot de Lyon.
Quentin-Bauchard, secrétaire en 1848 de la commission d'enquête présidée par l'honnête Odilon Barrot, son digne ami. Quentin-Bauchard est un des apostats les plus effrontés parmi ceux de la Constituante, qui acclamaient la République avec un si bel enthousiasme de jésuite. — Il a été depuis l'un des exécuteurs de la *clémence de l'Elysée* (1).

(1) Consulter, pour plus de renseignements : 1° *le Coup d'Etat du 2 Décembre*, par Xavier Durrieu, ex-représentant du peuple : — 2° *Mystères du 2 Décembre*, par H. Magen ; — 3° *Napoléon-le-Petit*, par Victor Hugo, représentant du peuple ; — 4° *les Crimes du 2 Décembre*, par Victor Schœlcher, représentant du peuple. — Londres, 1852.

IN EXTREMIS (1).

Le grave *Moniteur* a parlé, enfin !

Il annonçait dans ces derniers jours que S. M. Montijo-Téba avait éprouvé un de ces accidents assez communs aux femmes mariées ou non. Le problème de la paternité se trouvait réduit à sa plus misérable expression, un enfant mort-né.

En regard de cette situation si officiellement pénible, on parlait de l'attitude *triste et résignée* de sa M. Werhuel. *Triste et résigné !* c'est le cas ou jamais, vraiment!

Un coup d'œil rétrospectif nous montre le mariage impérial remontant à quatre mois environ. Trois ou quatre mois avant la cérémonie nuptiale, la présence du jeune prince Camerata répandait la joie au milieu des chasses de Compiègne. Depuis le mariage, Camerata, soucieux et sombre, s'est un beau matin enveloppé dans le suaire du suicide. Cette mort fut attribuée au chagrin causé par des pertes à la Bourse. Nul ne croit un mot de cela.

Toujours est-il que depuis lors son ombre, chaque nuit, rôdait par les Tuileries où elle faisait entendre parfois des gémissements et des sanglots, mais bien plus souvent des menaces terribles. On eût dit le chavalier-spectre de la belle Imogine.

Il fallait à tout prix éloigner ce fantôme effrayant et peu... dévoué. Le grand-prêtre Dubois fut donc mandé afin de conjurer par la puissance de son art les *maléfices* du Came-

(1) Voir la note 7 relative à Montijo-Téba, page 13, 15me vers.

rata. Rude besogne, en vérité, à laquelle il ne consacra pas moins de huit grands jours, dit-on.

Une autre encore apparaissait, âme désolée, gémissante, pleurant comme une fontaine et jetant des cris à fendre les rochers. — Des cris comme ceux-ci : “ Non! non! pas à “ Cayenne! pas à Cayenne! je ne veux pas! ” — et la pauvre âme promettait alors de rendre certains bijoux, certains cadeaux d'amour, des lettres, etc. ; mais elle protestait toujours avec une déchirante énergie contre l'envoi à Cayenne.

Cette ombre était celle de l'infortunée Marthe, de son vivant actrice à Paris. Liée un instant avec le prince Camerata, elle avait reçu de lui des cadeaux assez puissants pour influer d'une manière fâcheuse sur la vie d'une grande dame hissée naguère au pinacle sur les épaules de l'orgie et de la vanité cynique. Il fallait donc à tout prix reconquérir ces talismans si redoutables ; voilà pourquoi la visite domiciliaire et l'épouvantail de Cayenne avaient été déployés devant la malheureuse actrice. Deux jours après, elle se tuait avec du charbon.

Des fêtes nuptiales inaugurées sous de si lugubres auspices ne pouvaient manquer de jeter l'alarme chez un être aussi superstitieux que le Werhuel ; alors le pontife Dubois fut mandé.

Ses exorcismes imposeront-ils le silence à la vérité ? non; d'autres la savent, ils la diront. Et puis

L'*Homme-Rouge* apparaît encore (1).

(1) L'*Homme-Rouge*, type d'une vieille tradition qui le donne comme messager de malheur. Il apparaît sous la forme d'un vilain petit nain rouge affublé, selon les circonstances, d'un costume en rapport avec la situation. Sa venue est regardée comme présage infaillible d'une chute prochaine pour l'occupant, de fait, des Tuileries. Peu avant la déconfiture de Charles X, le nain venait coiffé d'un grand chapeau de jésuite.

L'*Homme-Rouge* se montre de nouveau, dit-on ; il a toujours le grand chapeau du jésuite, mais d'autres ornements complètent son costume de circonstance ; ainsi, de droite à gauche, il porte en sautoir un large cordon rouge émaillé d'instruments de torture, de larmes et de têtes de mort ; il traîne à chacun de ses pieds de longues et pesantes chaînes parmi lesquelles roulent des ossements humains et des débris de navires. Sa bouche lance, en guise d'haleine, une vapeur verdâtre traversée par d'innombrables filigranes de jaune blafard, de brun-bleu terne, de violet pâle et putride; en un mot, les nuances de la décomposition cadavérique.

Bonaparte-Werhuel ne dort plus sans le voir en songe.

www.ingramcontent.com/pod-product-compliance
Ingram Content Group UK Ltd.
Pitfield, Milton Keynes, MK11 3LW, UK
UKHW021200220726
13924UKWH00003B/1241